JN260162

神谷考柄
kamiya kohei

夢みるちから

仲間がいるからがんばれる

新評論

まえがき

鍼灸師になるために勉強している普通の大学生である私が、なぜこのような本を書くことになったのかというと、二〇一一年にラグビージャーナリストの村上晃一さんが出版した『仲間を信じて――ラグビーが教えてくれたもの』（岩波ジュニア新書）という本の中で、ラグビー界で有名な選手たちと並べて私を取り上げてもらったことがきっかけでした。

そして、その本を読んだという新評論の青柳さんから二〇一二年の秋に連絡をもらい、「つくばまで行くので会って話を聞いて欲しい」と言われ、お会いすることにしました。そして、「本を書いて出版をしませんか」というお話をいただきました。

初めは、私なんかに本が書けるのだろうかという不安があったので、よい話だとは思いましたが、お断りさせてもらおうと考えながら話を聞いていました。

しかし、なぜ私に本を書いてもらいたいのかという理由を聞いたり、どんな内容の本にしていきたいのかというような話を聞いているうちに、青柳さんの熱い想いが私に伝わってきたのです。

青柳さんは、「ラグビーはサッカーや野球などに比べるとまだまだ知名度が低く、競技者人口も少ない。でも私は、ラグビーという素晴らしいスポーツをいろいろな人にもっと知って欲しいと思っています」と言い（青柳さんもラグビー経験者ということでした）、さらに、「新聞やテレビのニュースを見ていると、今の中学生や高校生はいじめや不登校、友人たちや周りの大人との人間関係など、いろいろな問題を抱えて窮屈な生活を送っている子が多いんじゃないかと思います。だから、そういう中学生や高校生に勇気や元気を与えてあげたい。それと、目標へ向かって努力することの大切さを知って欲しいし、仲間の大切さも知って欲しいと思っています。そしてそれを伝えることができるのは神谷さんだと思っています」と言いました。

青柳さんのその言葉を聞いたときに私の気持ちは変わりました。

正直、私のこれまでの人生の話で、人に勇気や元気を与えられるのかという不安はもちろんそのときにもまだありました。それでも今の子どもたちに、今がどんなにつらくてもがんばっていれば、必ず幸せが訪れるということ、どんな夢でもその夢に向かって一生懸命努力すれば夢が叶う日が来るということを、私のこれまでの経験から伝えられたら、と思いました。

そして青柳さんの話を聞いていて、私が今の中学生や高校生へ一番伝えたいと思ったことは、何をするにしても、どんなときでも自分のそばには支えになってくれる人や味方になってくれる人が必ずいるということでした。人は決して一人だけでは生きていくことができません。私自身、ここまで育ってこられたのも、ラグビーをすることができたのも、周りにいるたくさんの人たちに支えられてきたからです。そういった周りの人との関係の大切さや人の心の温かさを伝えられるのならば、ぜひ本を書いてみたいと思い、この話を引き受けることにしたのです。

私の拙い文章で、読んでいただく人たちに私の想いがうまく伝わるのか分からないですが、今までの人生での出来事や支えになってくださった人たちの温かさを書いてみたので、ぜひ読んでいただければと思っています。

もくじ

夢みるちから——仲間がいるからがんばれる

第一章——四歳で視力を失う

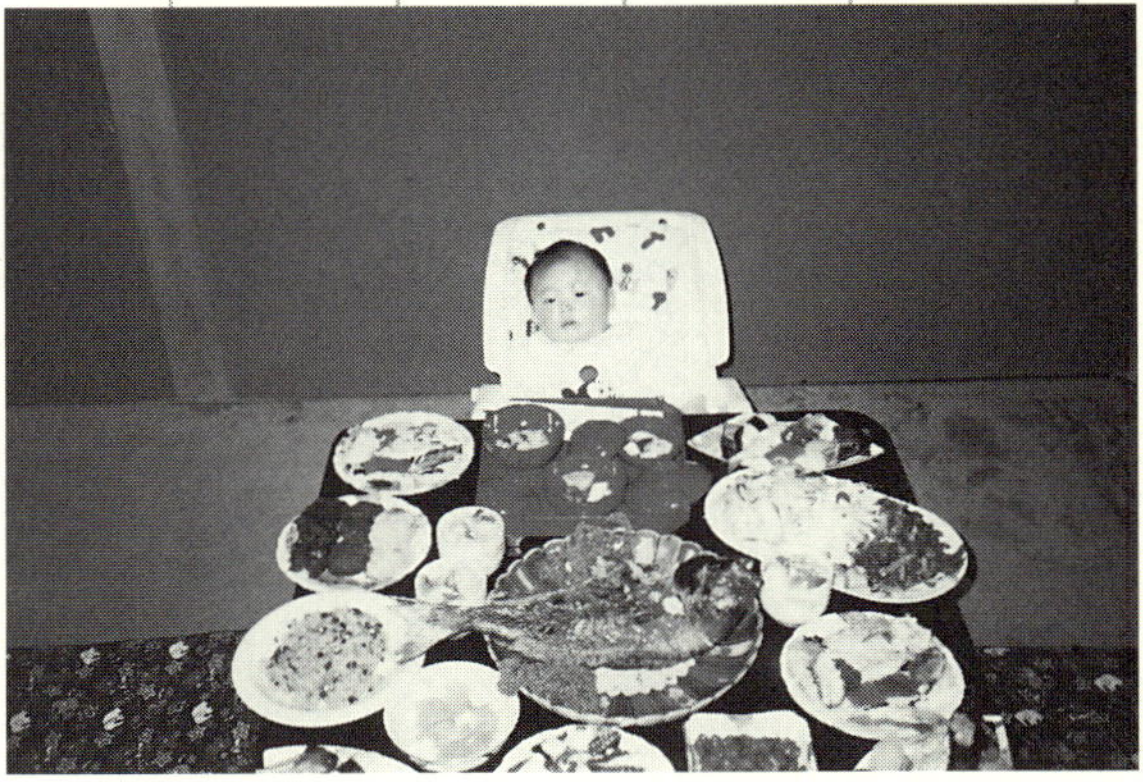

お食い初め

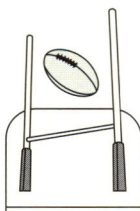

1　岩崎先生との出会い

一九九〇（平成二）年一一月一四日、私は大阪府東大阪市で、父・光治《みつじ》と母・友紀子の長男として生まれ、五歳年下の弟・優作との四人家族のなかで育ちました。

一歳四か月のときに「くも膜嚢胞[1]」という病気になり、頭部に溜まった髄液を腹部へ流すための管（シャントチューブ）を頭部から腹部にかけて入れる手術をしました。管を体内に入れた状態で過ごしていた（今でもそうです）のですが、四歳の秋にものすごい頭痛に襲われて入院することになりました。そしてこのときから目が不自由になったのです。原因は、「視神経萎縮[2]」という病気でした。しかし、私自身は目が

お宮参り

見えていたときのことをまったくといっていいほど覚えていなかったので、幼いときは見えないことが普通だと思って毎日を過ごしていました。
ところが、幼稚園に入園すると、自分は周りの子ども達と違って目が見えないのだということに初めて気がつきショックを受けたことや、同じ遊びをすることができなくて、幼いながらも悔しい思いをしたことをはっきりと覚えています。

目が見えないと分かったときに、両親がどう思ったのかを聞いてみると、

---

(1) 脳を覆っているくも膜でできた被膜の中に髄液が局所的に貯留している状態であり、先天的な疾患。発生頻度は人口の〇・一〜〇・三%といわれている。
(2) 視神経が萎縮している状態。萎縮に伴い視力が低下したり、視野が狭くなる（視野狭窄）といった症状が現れる。通常、治療を行っても、失われた視力は回復しない。

父は、「この間まで目が見えていた息子が急に見えなくなるということは、やっぱり不安もあったし、かなり心配もした。最初の頃は、外に出すことも心配だったし、近所へ買い物に行くときにも周りの人の目が気になったりした時期もあった。それでも、特別支援学校でない普通の小学校に通わすのには抵抗があった」と言い、母は、「医者に目が不自由になったと聞かされたときは、薬を使ったりして一年ぐらい経てば、この子の目は必ず前みたいに見えるようになると信じていたから、それほどショックは受けなかった。でも、一年が過ぎても視力が変わらなか

幼稚園年長のときの運動会
（扇の中心が著者）

七五三

ったから、考柄の目のことを受け入れようとした」と言いました。

それから母は、こんなことも口にしました。

「あんたを連れて買い物へ行ったとき、あんたが品物を見るために必死に目を近づけて見ている姿を見る他人の視線が厳しかったし、周りの人にあんたを見られたくないという気持ちもあった。けど、一、二年ほど経って、目が悪いからといってこの子を普通の子とは違うようにではなく、同じように育てようと思ったときに、自分の気持ちが今までよりすごく楽になった」と。

弟にも、兄が視覚障害者だということを、どのように思っているのかと尋ねてみたところ、次のような答えが返ってきました。

「兄ちゃんがなんで目が悪いのかも知らんかったし、俺が生まれたときから目が悪かったから、あんまり気にもしてなかった。しかも、ほかの家の兄弟とも較べなかったし、深く考えたことない」

その答えに少し驚いて、

「俺に気を使ったりしなかったか？」とさらに聞いてみると、
「気を使わないのが普通やと思ってた。気を使わない一番の理由は、おかんとおとんが、普通に兄ちゃんに接してるのを見てたから。だから自然と俺も、まったく気を使わないようになった」
と言いました。その言葉を聞いたときに、ほっとした自分がいました。

私がなぜ幼稚園も小学校も特別支援学校でなく、普通の子どもと同じ学校へ進む道を選んだのかというと、自分はほかの子どもと何も違わない、違っているのは目が見えないということだけで、それ以外は何ひとつ違わないのだと思っていたからです。

決して特別支援学校が悪いというわけではないし、むしろそこには、目が見えない生徒に対して、そこでしかない環境や空間があると思います。ただ、自分は小さいころから変わらずこう思っていました。それは、人よりハンディがあることで、できる、できないを決めるのではなく、まずチャレンジすることで不可能が可能になるのではないのか。そういう気持ちがあったので、絶対に普通の小学校へ進みたいと心に決めていました。

父としては、特別支援学校に通ったほうが安全でよいのではないかと考えていたそうですが、母は、普通の子ども達と一緒になっていろいろな世界を見たほうが、私のためになると思っていたようで、普通の小学校に通わせたかったらしいです。そして最終的には、二人とも私の好きなようにさせてあげたいと思ったそうです。

普通の子どもと同じ小学校に進みたいと考えたのには、先ほど書いたようなチャレンジするという気持ちもありますが、それとは別に私の背中を押してくれた一人の恩師の存在があります。その人はマッサージ師の岩崎光男先生です。その岩崎先生の所へ五歳のときに初めて、祖母の紹介で行きました。

すると先生は、私を見てこう言ってくださいました。

「この子の目は、俺が見えるようにしたる。だからこの子を普通の子と同じ学校に行かしたり」

岩崎先生の言葉は、まだ幼かった私の記憶に残るくらい印象深く、初めて他人に認めてもらえたような気がしました。それからは毎週日曜日に先生の所で治療を受けながら、幼稚園に通いました。卒園後は特別支援学校ではなく、普通の小学校へ入学したのですが、小学校へ入学するまでには両親が校長先生やほかの先生方に入学できるかどうか何度も相談し、頭を下げてくれました。そして、校長先生が「ぜひ、うちの学校に来てください」とおっしゃってくださいました。こうしてみんなと同じ小学校に通わせてもらえることになったのです。両親や岩崎先生、校長先生をはじめとする学校の先生方には、感謝しきれないくらい感謝しています。

目が悪くなった当初は、ほとんど何も見えない状態で、他人に手を引いてもらわないと歩くことができないくらいだったのですが、岩崎先生が小学校へ入学するまでに、マッサージ治療でなんとか一人で歩けるくらいの視力にまで回復させてくださいました。医師から回復は難しいと言われていた視力が、少しずつでも回復へ向かっていき、両親も私も、喜びでいっぱいでした。

2　小学校へ入学

そして、東大阪市立池島小学校へ入学したのですが、入学したばかりの一年生ではまだ幼すぎて、目が悪いということを理解できないだろうと思っていたので、理解してもらえなくてもそれほど気にしませんでした。おそらく、ハンディがあるということを先生が低学年の児童に教えたところで、理解するのは難しいと思います。むしろ、クラスのみんなが

小学校低学年のころ、
弟の優作と

ハンディを理解しないこれくらいのときのほうが、同じクラスの友達として勉強したり遊んだり、自分にとってはハンディを背負っているという意識をせずに、できないと思われることでもできるところまでやってみたり、ほかの子にできて自分にできないことはないかと確認できたりしたので、毎日学校へ行くのが楽しみでした。でも、それは両親が、普通の学校へ通えるように学校と交渉してくれたり、まだ小さかった私に努力することを教えてくれていたからこそ、いろいろなことに挑戦することができたのだと思っています。

普通の学校へ通わせてくれたこと以外にも、もう一つ母に感謝していることがあります。それは学校で使う教科書のことです。普通の教科書だと文字が小さくて見えないので、母が一年生から六年生まで文字を拡大した教科書（拡大本と呼んでいました）を手づくりでつくり続けてくれたのです。この教科書を使うことで、みんなと同じように授業を受けることができました。

しかし、黒板などの遠いところに書いてある文字を見ることは難しいので、先生や隣の席の友達が口頭で教えてくれたり、ノートを見せてくれたりして助けてくれました。でも、この状態をこの先ずっと続けることは先生にも友達にも申し訳ないという思いが常に私の中にはありました。

二年生になると自分で板書などができるように訓練をするため、週一回、放課後に特別支援学校の先生が来てくれました。その訓練のときに視覚障害者が使う、近くの文字を見るためのルーペ、遠くの文字を見るための単眼鏡、そしてテレビ

単眼鏡

ルーペ

につないで使う拡大読書機を紹介してくれました。これらの道具が、どのようなものかというと、ルーペとは、虫メガネみたいなものを想像してもらうと分かりやすいと思います。教科書や新聞などの小さい文字がルーペを通して見ることにより、拡大されて見えるという道具です。単眼鏡は、望遠鏡みたいなもので、黒板などの遠くの文字が単眼鏡を使うと近くに見えます。ズーム調節をする機能もついていて、レンズ越しに大きくしたり小さくしたり自分の見やすい文字の大きさにすることができます。それから拡大読書機とは、テレビの画面につないで読み取った文字を拡大させて表示するための機械で、ルーペの機能を発展させたようなものです。ただ、ルーペと違う点は、私たち視覚障害者はそれぞれ見え方が違うので、それに合わせて画面の色や文字のサイズ、明るさなどを調節できるということです。

低学年の私に対して先生は、遊びを絡めながらそれぞれの道具の訓練をしてくれたのですが、幼かった私は訓練よりも友達と一緒に遊びたいという気持ちが強く、訓練が嫌いでした。すると先生が、訓練に集中できていない私を見て、集中力を付ける訓練も付け加えたので、さらに退屈で苦痛でした。それでも、なんとか道具を使いこなすことができるようになり、また少し自分でできることが増えていく喜びを感じていました。

道具を使った訓練とは別に普段の学校の授業などは、授業補助として特別支援学級の先生が隣に付いていろいろなサポートをしてくれました。その後も、特別支援学校の先生の訓練は高学年に入るまで続き、特別支援学級の先生は、卒業するまで私の補助に付いてくれました。

三、四年生になると、一、二年生のときには気付いていなかった周りの子どもたちが目のことで思ったことや感じたことを私に対して言ってくるようになりました。

子どもだから、「なぜ目が見えないの？」、「なんで単眼鏡やルーペ、拡大本を使ってるん？」などと聞いてしまうのはしょうがないことだとは思うのですが、目が見えない状態が普通であってみんなと違うところはないと思って生活をしていた私には、改めて目のことを聞かれたり言われることが苦痛で、学校に行きたくなくなったこともあります。

そんなときは、（誰でも一度はしたことがあるとは思いますが）風邪を引いたなどの仮病を使って学校を休もうとしました。しかし、親というのはすべてを見透かしていて、朝から怒られ学校に行かされました。イヤイヤ登校した日は一日が苦痛でしかたなく、友達が目のことに対して軽い感じで聞いてきただけの質問にも怒ってけんかになったこともあります。

そんなときは家に帰ってから母に泣きながら、

「なんでみんなは目が見えてんのに俺は、目が見えへんの？　こんなに目が悪い、目が悪いっていじめられるんやったら学校に行きたくない。なんで俺は目が悪く生まれてこなあかんかったん？　こんなんやったら生まれたくなかった」

と言いました。

すると母は、こう答えました。

「考柄、それは違う。あんたが生まれてきて目が悪くなったのは、誰が悪いわけでもないし、誰のせいでもないねん。それは、神様が考柄に与えた試練やねんで。あんたは、人一倍努力して人の心を分かってあげられるような大人になりなさいよって神様が試練を与えて目を悪くしてくれたんや。だから、神様に感謝しなあかん。あんたは、足も手も動く。ただ、目が見えにくいだけやねん、ほかのところに障害をかかえた人も同じやねん」

母の言葉を聞いて、さらに涙が溢れだした私が、

「でも、目のことでいじめられるのは、いやや」と言うと母は、

「あんたアホちゃう」

「それは、いじめとちゃうで、ただのけんかや」

と言いました。すると、なぜだか分からないけど涙が止まり、気持ちが楽になったのを今でも覚えています。

母にこの言葉を言われて、自分の中で何かがふっきれて、また学校へ行くのが楽しくなり、友達が目のことで何か言ってきても笑ってすますこと

ができました。このころは毎日学校が終わるとすぐに家へ帰り、玄関にランドセルを置いて宿題をせずに外で友達と遊んでばかりだったので、いつも家に帰ると母に、「はよ宿題しろ！」と怒られる日々でした。

四年生にもなると勉強が少し難しくなります。勉強が大嫌いだった私は、今日は宿題がないとうそをつき、ごまかしたこともありました。でも、親というのはすごいもので、うそをついてもすぐにばれ、ものすごく怒られました。そんな勉強嫌いな私ですが、体育はとても好きな科目でした。反対に、苦手だった国語と社会はどんなにがんばっても好きにはなれませんでした。それでもテスト前になると、母に怒られながらテスト勉強をして、テストを受けていました。

私が通っていた小学校は、四年生になると週に一回、クラブ活動がありました。まだ、このときの私は、体育は好きだけど競技としてスポーツをすることが好きなほうではなく、初めてのクラブ活動で選んだのは図画工作部でした。このときは、スポーツをするのは嫌いだがクラブには入らないといけないから、という理由で図画工作部を選んでいたのだと思います。スポーツをすることが好きな今の私からしたら、このとき選択した理由が分からなくて笑えたりします。

また、このころは週に一回ですが、放課後に習字を習っていました。じっとしていることが嫌いな私がきちんと通えていた理由はただ一つ、毎週きちんと通えたごほうびとして月に一回、必ずお菓子がもらえたからです。ただそれだけのことで通い続けることができました。こんな単純な理由でも子どもは何かを続けることができるのだと思います。こんな感じで過ごしていたら、あっという間に五年生になりました。

五年生になると、周りのみんなが私の目に対し理解を示してくれて、私が困っていると、声をかけてくれたり、サポートをしてくれるようになりました。それまでもサポートはしてくれていたのですが、今まで以上にしてくれるようになったので本当に感謝していました。

しかし、その周り人達の優しさにだんだんと自分が甘えてしまっている

気がして、こんなに甘えていていいのだろうかと悩んでいたりしたのですが、その悩みが晴れたきっかけは母に、

「みんなは、親切心であんたを助けてくれてるだけやねんから、それに全部甘えるんじゃなくて、自分でできることは、自分でできるとちゃんと相手に伝えて、ほんまにできないことがあったら、それは素直に『教えて』って言えばいいんちゃうか」

と言われたことでした。この言葉を聞いたときに自分の中で納得がいき、悩みが解消していきました。それからは、困ったときだけ助けてもらうことにして学校生活を送っていきました。

このころから、学校や家でもやりたいことやできることがだんだんと増えていき、クラス委員に立候補したり、それまでは家の近所でしか自転車を乗らなかったのに、友達と遠出をしたりしました。

五年生になってもあいかわらずスポーツが好きではなかった私は、クラブ活動で将棋・オセロ部に入りました。しかし、オセロは好きでしたが、

友達とわいわいと騒いでいるのが好きだった私は、クラブ活動中に黙々とオセロをするというのが楽しく感じられなかったので、将棋・オセロ部にはあまり楽しかった思い出はありません。

普段の生活では友達と外で遊んだり、ゲームをしたりしていました。ゲームをするときは、みんなと同じように画面から離れてできるわけはなく、画面に近づいてゲームをしていました。

そういう感じでいつもは普通の子どもと同じように学校生活を送っていたのですが、五年生になると学年全員が参加をする林間合宿という行事があり、目が悪い私にとってはこれが難題でした。私は目が悪いため、人の顔を見てこの人は誰かという認知が難しく、声で誰かというのを判断しています。道の場合は、一度通った道ならば大きな建物を目印にして、暗記したりしています。また、歩道や道端に障害物がある場合は、初めて通るときにはぶつかったりすることもありますが、二度目に通るときは道を覚えるのと同様に、この辺には障害物があったなと記憶したり、そのとき一緒に歩いている人に、「そこは危ないぞ」と教えてもらったりして行動していきます。だから、見知らぬ土地へ行くときは、周りにいる人たちに助けてもらわないと歩くのが怖いのです。

そのため、林間合宿へ行く前に、どんなときにどんな所が見えないのかということを文章にまとめて、教室での終わりの会のときにクラス全員の前で読みました。そして、楽しみと不安を抱えて迎えた林間合宿でしたが、到着したときには不安は何もなくなっていました。それは、到着した途端、みんながさりげなく助けてくれ、自分もそれに素直に頼ることができたからだと思います。

そしてたくさんの友達の助けを受けながら林間合宿を終えることができ、友達との間にあると感じていた「障害」という溝が、また少しなくなった気がしました。こうして五年生の一年間も無事に終了し、とうとう最終学年の六年生を迎えることになりました。

六年生になった私は、友達とも今まで通りの関係が続いていて、一緒に外で遊んだり、たまにけんかをしたり、毎日が楽しくて、ごく普通の小学生としての生活を送っていたのですが、そんな小学校生活に少し変化がありました。五つ歳下の弟、優作が小学校へ入学してきたのです。

　このころから、少し大人に近づき兄としての自覚が出てきたのか、優作の面倒をみるようになりました。まだ小さかった優作は、甘えん坊で泣き虫だったので、毎朝、優作のクラスまで連れて行ってあげました。そんな生活の変化もありましたが、何の不安もなく学校に通っていました。

弟の優作とユニバーサルスタジオジャパン®
にて（左側が著者）

そして、スポーツが嫌いだった私も、少しずつスポーツが好きになりはじめていました。そこで、六年生のクラブ活動は、バスケットボールクラブに入りました。初めてやる球技のクラブということで不安はありました。バスケットボールはチームスポーツなので、味方からボールをパスされるのですが、目が見えないのでパスされたボールをキャッチすることができなくて顔にボールが当たったり、すぐにボールを取られ相手ボールになったりしていました。普通だったら周りの人は腹を立てたりするのでしょうが、友達は分かってくれていたのでプレー中に、

「神谷、ボール投げるで」

「神谷、シュートや」

「今、目の前でボールを持ってるやつが敵やからな」

などと声をかけてくれました。ちょっとびっくりしましたが、自分のためにここまでしてくれることが、とてもうれしかったです。

それからは、友達と外で遊ぶときは、キックベース、サッカー、ドッジ

ボールなどを積極的にすることが増えていきました。お昼休みは、晴れていれば外で球技をして遊び、雨だと教室でトランプをしたり、学校内を走りまわっては先生に怒られたりしていました。そんな何気ない生活ができることが幸せで楽しかったです。

そういう感じで過ごしているうちに、伊勢へ修学旅行に行く日がやってきました。このときも五年生のときの林間合宿の前のように、自分の見えない部分を説明したのですが、そのあとで、

「神谷、みんなお前と六年間付き合ってるから、目のことは言わんでも分かってるから、なんも気を使わんと普通にしとき。危ないと思ったら助けたるから。だから、そんなに気を使うな、逆に俺らが気を使ってまうやん」

「だから神谷、みんなで楽しもな」

と言われたのです。この一言がすごくうれしくて、思わずみんなの前で泣いてしまいました。

そして迎えた修学旅行。私は、みんなと同じようにグループ行動をして、

遊園地でいろいろな乗り物に乗って騒いだり、バイキング形式のお昼ご飯を食べるときには、友達に何があるかを教えてもらいながら、食べたいものを取ってもらったりしました。夕食のバーベキューのときも、焼けた肉などを教えてもらいながら食べました。帰る前の日には、お土産を買う時間があり、友達と一緒にお店を回りお土産を買いました。こうして、みんなのおかげで修学旅行を楽しむことができたのです。

大人になってから考えてみると、よく周りの人たちは、愛想を尽かさずに私の面倒を最後まで見てくれたなと思います。本当に感謝の気持ちでいっぱいです。私は両親をはじめとした周りの人達に恵まれた、とてもよい環境で育ったのだと心から感謝しています。

六年生になってからの行事が一つ一つ終わっていき、いよいよ、小学校最後の運動会がやってきました。私たちの学校では、六年生全員で、組み立て体操をします。運動会の日に向けて、毎日練習を行い、一つずつ技を完成させていくうちに、初めはクラスだけで団結していたのが、徐々にクラスを越えて団結するようになっていき、すべての技が完成するころには、学年全体が強い団結力で一つになっていったような気がします。

当日は後輩や家族、先生達に運動会のフィナーレとして、組み立て体操を見せたのですが、両親はすごく感動してくれました。このころには、私自身も友達も目のことは、まったく気にならなくなっていて、たまに、自分で自分の目が悪いのを忘れたりもしていました。

こうして、季節が過ぎ卒業が近づき、最後のイベントであるスキー旅行を迎えました。このときは先生とも相談して、みんなが目のことは分かっているということで、説明はせずスキー旅行へ行くということになったのですが、そのとき友達がこう声をかけてきました。

「神谷、見えへんかったり、困ったことあったら遠慮せんと言いや」

でもこのときは、なぜか素直に喜ぶことができませんでした。

今となっては、こういうことを考えた自分が本当に恥ずかしいのですが、なぜかそのときは自分の思いこみで、「やはり、障害者としてしか見られていないんじゃないか?」と思ってしまい、素直に「うん、ありがとう」という言葉が言えなかったのです。こんなことを言ったらみんなに、「そんなん、お前の勝手な思い過ごしや。周りは心配して言ってくれてるんや」と、きっと言われたでしょう。

　しかし、当日になると、そんなことを思っていたことも忘れて、みんなとスキー旅行を楽しみました。長野県についてすぐにスキーを体験しましたが、目が見えないので、みんなのようにはうまく滑れないだろうなと思っていましたが、第六感が優れて

長野県大山鏡ヶ成でのスキー合宿
（後列左から２人目が著者）

いたのか、まったくけがをせずうまく滑ることができました。とはいえ、やはり、ゲレンデは白いため、でこぼこや溝などが見えなくて友達や先生に手引きしてもらいながら行動していました。

次の日もスキーに行く予定だったので、旅館の前で集合していたときのことです。先生に呼ばれるまで、友達と旅館の前で鬼ごっこをしていたのですが、あまり自分の目のことを考えないで走っていたら、地面だと思っていた場所が一メートルくらいの溝になっていて、そこに落ちてしまいました。そのときはけがをせずにすんだのですが、そのあと、みんなが笑いながら、

「神谷、さっき溝に落ちたときけががなくてよかったな。俺ら、お前の目が見えていないことを忘れて普通にお前と走りまわってたわ」

と言ってくれた言葉がすごくうれしかったのを覚えています。

目が見えないことでみんなに気を使わせているんじゃないかと思って不安になっていたのですが、この言葉で自分の不安は思い過ごしなのだと感

じて、今まで以上に友達の大切さが分かった気がしました。そんな出来事もあったりして、楽しく思い出に残るスキー旅行は無事に終わりました。

スキー旅行から戻ったあと、卒業前に卒業文集をつくることになりました。それまであまり自分の将来の夢について考えたことがなかった私は、自分の夢とは何だろうと考えました。そのとき唯一頭に浮かんだ夢がありました。それは、私の目の治療をしてくれた、マッサージ師の岩崎光男先生のようになりたいということでした。

私は長い間、岩崎先生の所へ目の治療をしていただくために通わせてもらっていました。そして、岩崎先生に治療してもらうためにやってくる大勢の患者さんたちが見せる、治療が終わったあとの笑顔を間近で見ていて、いつの間にか、岩崎先生のように自分の技術で病気を治したり、人の心を救ったりできるようなマッサージ師になり、いずれは岩崎先生のあとを継いでいきたいと思うようになりました。岩崎先生が私の夢であり、人生の目標となっていったのです。このことに気づいた私は、卒業文集にこの夢を書きました。

そして迎えた卒業式の日の朝、家を出るとき母に、

「あんたよくここまでやったな。本音を言うと、途中で特別支援学校へ行きたいとか言うんじゃないかと思ってたわ。けど、いろいろなことがあったけど、自分の目が悪いというリスクに負けんとほんま、よくがんばったな。また一つ感謝と努力を覚えた学生生活やったな。六年間お疲れさん」

と言われ、涙がこぼれました。その日は、入学してからのいろいろな出来事を思い出しながら学校へ向かったのを覚えています。

学校に着いて、いつもと変わらない友達とのやりとりがあり、いよいよ卒業式がはじまりました。卒業証書を手渡すときに校長先生が言ってくれた、

「よく、がんばったね」

という一言が、みんなにも同じことを言っているのに、私には私の歩ん

できた小学校の六年間を認めてもらえた言葉のような気がしました。無事に卒業式が終わり、お世話になった先生方に感謝の気持ちを伝えに行ったことも記憶に残っています。この小学校生活の六年間を思い返してみると、普通の小学校へ通えるようにしてくれた両親には、大きな感謝の気持ちでいっぱいです。いまだに、照れくさくて「ありがとう」の五文字が言えないのですが……。

そして両親の次に感謝しているのが岩崎光男先生です。私の目を少しでも回復させていただき、普通の子と同じ小学校へ通えるようにしてもらいました。前にも書きましたが、私にとって岩崎先生は人生の大きな目標であり、私にとってかけがえのない夢を与えてくれた存在です。いくら感謝してもしきれません。

それから友達や学校の先生には、みんなと同じように見てくれたことに感謝しています。そして、人から恩を受けたときには恩返しをするということ、人は一人では生きていけないから人と助け合って生きていくこと、そして自分が成長したときに人の温かさが分かるようになるのだということを、いろいろな場面を通して教えてもらいました。こんなにも素晴らしい人達が周りにいてくれていたからこそ、私はたくさんのことを学ぶことができ、充実した小学校生活を送ることができたのだと心から思っています。

卒業式が終わって間もないある日、その後の人生を大きく変えてしまう出来事が訪れました。

小学校の友達と近所の公園の空き地で遊んでいたときのことです。みんなでラグビーのまね事をして遊んでいたのですが、私も友達もラグビーのルールはまったく知りません。そのときは、ただ、二チームに別れ、ボールを持って突っ込んでいったり、パスをしたりしてラグビーみたいなことをしていました。そのころの私は、体格が大きいほうだったので、ボールを持って突っ込んでいって、友達にぶつかって得点を決めたりすることができました。人にぶつかって得点を取る、ただそれだけのことなのに、私にとっては今まで体験したことのないような感覚で、ものすごく楽しかったのがとても印象的でした。

そのときになぜラグビーをしていたのかと聞かれると、覚えていないのでよく分からないのですが、私の地元の東大阪市はラグビーを知っている人なら誰でも知っている近鉄花園ラグビー場（高校野球で例えるなら、甲子園球場のようなもの）がある所で、ラグビーの町と言われ、ラグビーは身近なスポーツなのです。こういう環境が影響して、公園でラグビーのまね事をしたのかもしれません。

その何気ない遊びがきっかけとなって、私のラグビー漬けの生活がはじまるのです。

第二章——ラグビーをはじめる

ラグビー部の仲間たち
（中列右端が著者）

1 ラグビー部へ入部

中学校へ進学するにあたって、自分のなかでは特別支援学校ではなく、小学校と同じく普通の公立中学校へ進学しようと思っていたのですが、中学校へ進学する前に両親から、

「六年間、普通の子どもたちに交じって小学校へ通ったけど、中学校はさらに勉強も難しくなるし、特別支援学校に行くという道もあるで」

「ここまで来たら、このまま普通の中学校へ通わしたいとも思うけど、やっぱり、親としては心配もあるねん。でも、どうするかは考柄が考えて思った通りにしたらええよ」

と言われました。

私は迷うことなく、

「確かに今までも、自分の目が悪いことで周りの人たちに迷惑をかけてき

たのは分かっているし、いろいろと助けてもらって感謝もしている。でも、まだまだ自分の知らない世界をたくさん見てみたいし、自分がどこまでがんばれるかを試してみたいねん。だから、おとん、おかんにはこの先も迷惑かけてまうし、わがままかもしれへんけど俺をみんなと同じ中学に行かして欲しいねん。もし、自分がホンマに無理やと感じたら、そのときは自分から特別支援学校へ行くって言います」

と言って、両親に頭を下げました。

すると両親は、

「そこまで言うならお前の好きなようにし。どっちにしろお前が言うこと聞くとは思っていなかったし、そう言うと思ってたよ」

「みんなと同じ中学へ行くからには、死にもの狂いで努力してがんばるんやで」

と言って応援してくれました。

こうして両親が普通の中学校へ通うことを許してくれたこのときは、これからはじまる中学生活への不安よりも何が何でもがんばるんだという気持ちと、また自分が知らない世界が見られるというワクワクした気持ちでいっぱいでした。それからは、今まで六年間私の補助してくれていた小学校の先生方と私と両親、これから通う中学校の先生方との話し合いがあり、無事に中学校へ通うことを認めてもらいました。

普通の学校へ行きたいという私のわがままで、両親や周りの人たちを振り回した感じになっていたのに、みんなが一生懸命に話し合いをしてくださったことは、今でもすごく感謝していますし、普通に進学できたということが自分にとって何よりもよかったことだと思っています。

こうして東大阪市立池島中学校へ入学することができ、念願の中学校生活がはじまりました。

私が入学した池島中学校は、多くのクラスメートが小学校からそのまま中学校へ進学してきたので友達との関係で困ることはありませんでした。

中学校では勉強も難しくなり、教科書の数も増えましたが、小学校のときのように母がつくった拡大本は使わず、みんなと同じ普通の教科書で授業を受けることになりました。私にとってはかなり厳しい条件でしたが、単眼鏡やルーペ、拡大読書機を使って授業を受けるだけでなく、山野哲男先生が三年間私のサポートをしてくださったので授業を受けていくことができました。この山野先生は、私の中学校での生活すべてを三年間サポートしてくださったとても優しくて面白い、私にとっては第二の親のような存在です。こんなにも恵まれた環境で中学校生活を送ることができて大変感謝しています。

中学校での生活がはじまり、いよいよ楽しみにしていたクラブ活動を決める時期がやって来ました。このとき私は、小学校を卒業したあとみんなと公園でラグビーのまね事をして遊んだときのことが頭に強く残っていて、もし、中学校の部活にラグビー部があれば絶対ラグビー部を選ぼうと心に決めていました。すると、先輩方のクラブ紹介でラグビー部があったのです。それを見た私は、もうほかのクラブの紹介なんて聞いていませんでした。そして、「ラグビー部に入部するんだ」と決めてさっそく入部しました。

その日家に帰って、

「俺、ラグビーがしたいから、ラグビー部に入部した」

と、両親に相談することなくラグビー部へ入部したことを伝えると、びっくりした父に少し怒られました。そして、

「なんで相談しないで勝手に決めたんや?」

「いくらやりたい言うても、目が悪いのにラグビーなんか危ないし、できるわけないやろ」

「少し大人になったんやから、自分ができることと、できないことの区別はつけなあかんで」

と言われましたが、そう言われたからといって私が納得して諦めるわけもなく、逆に、そこまで言われるのならラグビーをやってみせたいと思いました。そのときはなぜか、ラグビーは自分のなかで、できないことのな

かには入っていなかったのです。

だから私は父に、

「ラグビーは危険かもしれへん。でも、俺は、小学校を卒業したあの日に友達とやった、ラグビーが忘れられへんねん」

「確かに、ホンマのラグビーは俺らがやってたまね事みたいに楽しいことばっかじゃないかもしらんけど、俺は何がなんでもラグビーがしたいんや。だから俺にラグビーをやらしてくれ」

と必死になって自分の思いをぶつけました。

すると父は、

「そんなに言うんならやってみればええけど、絶対にすぐやめるなよ」

とラグビー部への入部を認めてくれました。その瞬間、自分の心のなかで絶対諦めない気持ちとやる気が溢れ出してきました。

「急に中学でラグビーをやると言いだしたときは、どう思った?」と聞いて、このときの気持ちを両親に振り返ってもらいました。
するとと父親は、

「今まで何でも親に相談をしていた子どもが、いきなり相談もなしにラグビー部の体験をしてきて、入部すると言い出したときは驚いたが、子どもが自分の意思で行動したのが、今までの考柄より成長したなって思ってうれしかった」

「そんな気持ちもあったけど、やっぱり目に障害ある考柄がラグビーをやることなんて、絶対に不可能と勝手に決めつけていて、実際はやってもいいと思ったが、父としては、複雑な気持ちやった」と言いました。

母親のほうは、

「正直、今思えば、急にラグビーやりたいって言い出したときは厳しいスポーツやし、絶対、考柄には無理やと思ってた」

「でも、体験入部をしたいって言われ、三日も続かんと思ってたから、『はいはい、勝手にどうぞ』って感じやったわ」と答えてくれました。

今にして思えば、遊びで初めてやったラグビーを中学校で本格的に部活としてすると急に子どもが言い出したら、やはり親としては心配だろうし、無理だと思うのは当然だと思う。そういう親の気持ちも考えずラグビーをはじめたことは、本当に両親に心配と迷惑をかけたのだろうなと思います。しかし、そのときの私は親の気持ちも考えずにその日から一週間、ラグビー部の体験入部をすることを決めたのです。

体験入部に来た一年生は、私を含め五名でした。あのとき公園でみんなとやったラグビーがやっとできるんだ、とワクワクした気持ちでいっぱいだったのを覚えています。体験入部では初めにそれぞれ自己紹介をした後、ラグビーとはどのようなスポーツで、どのようにして相手と戦うかなどの話があり、その後ようやく本物のラグビーボールを触ることができました。

最初は、基本的なパスの投げ方やパスの取り方などを教えてもらいながらパスの練習をしました。このときは自分だけが、みんなと同じようにパスを受け取ることができませんでした。やはり、目が悪いので、友だちからパスされたボールが一〇センチから三〇センチくらいに来たときにやっと視界に入るのですが、反応することができませんでした。

友達が私にパスをする瞬間に、

「神谷いくで」

と声に出してからボールをパスしてくれましたが、パスを取ることに慣れていなかった私は、ボールが顔に当たったりパスされたボールを落としたりで、偶然キャッチできることもありましたが、基本的にはボールが取れなくて友達の足を引っ張っていました。

それでも私はラグビーが楽しくて、どんどんラグビーに惹かれていきました。今考えると心のどこかで、両親から体験入部をしてもそんなに続かないだろと思われていたり、目が悪いのにラグビーなんて無理だと思われていたのが悔しいという気持ちや、何事もやってみないと分からないし、自分にもできるんだと意地になっていたところがあったのかもしれません。それに加え周りの人たちに認めて欲しいという気持ちもあったため、何が何でも諦めたくなかったのです。

こうして一週間の体験入部が終わり、私は両親に相談もせずに、正式にラグビー部に入部することを決めたのです。

この日、帰宅してから母に、

「俺、本気でラグビーすることにした。だからラグビー部に入部してきた」

と報告したら母が、

「あんたよく、一週間も続けて行ったな」

「あたし、あんたは普通に目が見えへんし、三日ももたんと思ってたわ」

「ここまでできたんやったら、厳しいスポーツかもしれないけどやってみたら」

と言ってくれたので、認められた気がしてとてもうれしかったです。

同じことを父が仕事から帰宅したときに報告したら、

「あかん、って言いたいけど、どうせ止めてもやるんやろ？」

「やってもええけど、ちゃんと勉強もしてな」

と、心配そうに答えたのを覚えています。

こうして、ラグビーに没頭する生活がはじまっていったのです。この日からは毎日練習があり、これから一緒にラグビーをしていく部活の先輩たちにも私の目のことを話すことにしました。

私が自分の目のことを説明すると先輩たちが、

「そうなんや、俺らもこんなん初めてやから、どうしたらええか分からんから、いろいろ神谷に聞いたりするし、神谷もこうして欲しいとかあったら、遠慮せんと言ってきてな」

「まあ、楽しく一緒にがんばっていこうや」

と言ってくれたので、ラグビー部に入ってよかったと感じました。

ある日、練習しているときに顧問の勝間先生が、

「神谷、このグランドの色に対してラグビーボールが白いのは見えにくいんか？」

と聞いてきたので、

「はい。グランドの色に対してボールの白色は見えにくいです」

と正直に自分の見え方を伝えました。私のボールの見え方では、白いボールに対してグラウンドの色がボールの色と被るとものすごく見えにくく、ボールを持っている人のジャージが薄い色などでもボールは見えにくいのです。それとは逆に、グラウンドやボールを持っている人のジャージが黒っぽい色だと、なんとか判別がつき薄い色のときよりも見えるのです。すると勝間先生が、私の練習用に一球だけ白いボールを黒色のスプレーで塗ってくれました。このボールを使ってパスの練習をすると、今までよりもキャッチする確率が上がったのです。

このボールのおかげでボールとの距離感が少し分かるようになったので、ランパス[3]をするときに、自分と一緒のグループの仲間にお願いをして黒い

（3）　ラグビーの練習メニューの一つで、四～五人が一組になって走りながらボールをパスしていく練習。

ボールを使ってもらうようにしてもらいました。私と同じグループになった人たちには本当に迷惑かけたと思いますが、この黒いボールがあったおかげで飛んでくるボールの距離感をつかみやすくなったり、ボールに触れる時間が増えることでボールに対する執着心やキャッチするときの反射神経が身についたのだと思います。

少しの間この黒いボールで練習を続けていたのですが、ラグビーボールに徐々に慣れてきたので、みんなと同じように白いボールで練習をしたいという気持ちになり、私は白いボールをうまく取れるようになるにはどのようにしたらいいのか考えました。

そしてそのときに自然とできたこの方法だと以前よりボールを取れる確率が少しだけ上がったのです。その方法というのは、黒いボールのときに、目の前三〇センチくらいでボールを認知して、その瞬間に自然と反応し手を出せるように体に覚えさせていたので、白いボールでも相手からパスをもらうときに、「神谷いくぞ」や「パスするで」などの声をかけてもらって、パスの来るタイミングをはかってパスをもらったり、それでもボールが見えなくてキャッチができないときには、相手に胸に投げてもらうようにして、一回胸に当てて跳ね返ったボールをキャッチするようにしたところ（それでもキャッチできないことのほうが多かったのですが）、白いボールで練習できるようになったのです。

　そのほかの練習メニューでは、ラグビーは相手とぶつかり合う競技なので、コンタクト練習④というものがありました。この練習は、ボールをキャッチすることを考えないでただボールを持ってタックルに来る相手にぶつかるだけでいいので、このころすでに体が大きく、チーム内では力が強いほうだった私は、練習メニューのなかで一番好きでした。

　でもこのときはまだ、試合には出ていませんでした。それは、私の目が

（4）攻撃のときにボールを持って相手に当たりにいったり、ディフェンスのときにボールを持った相手にタックルをしたりする練習。

見えないということと、頭にシャントチューブが入っているので、もし試合に出て頭を強く打ったりしたら取り返しのつかないことになるから危険だということで、試合には出ないという条件でラグビー部に入部したので試合には出られなかったのです。

それを頭では理解していましたが、練習だけしかやれないということにはもの足りなさを感じていましたし、自分がどれだけできるのかを試したいという気持ちもありましたが、このころは、そういう気持ちを抑えながら毎日練習をしていました。学校の練習が終わって家に帰ってからも、近所の川沿いをランニングしたり、腕立てや腹筋と背筋、スクワットなどを毎日やっていました。

なぜ試合に出られないのに、このようなことを毎日やっていたかというと、今は試合には出られないが、もしかしたらいつかは出られるんじゃないかという気持ちがあって、そのときのために準備をしていました。そして、試合に出られたとしたら自分には何ができるのだろうかと考え思いついたのが、人よりパスは取れないけど、体が強ければボールを持って突っ込んでいけるし、タックルされても簡単に倒れないでボールをキープできる。そういうような体づくりをしていれば、もし試合に出たときにボールを持ってトライ(5)を取れる選手になれると考え、毎日自主練習を行っていました。

このような日々を毎日繰り返していたのですが、「もしかしたら試合に出られる日が来るかもしれない」と信じてがんばることだけでは私のモチベーションが保てなくなってきて、毎日やっている部活での練習や自主練習の成果を試合に出て、どこまで自分が成長しているのかを試したくなり、練習だけのラグビーに満足できなくなっていきました。

しかし、一年生のころは試合に出られなかったのでひたすら練習と、試

---

(5) 攻撃側のプレーヤーが相手側のインゴールに手または上半身(首から腰までの範囲)でボールを着けること。攻撃側に五点が入る。

合のときは試合に出ている仲間に水を運ぶ日々が続いたのです。同級生が試合に出たりしているのをグラウンドの外から見ていると、応援する気持ちよりも悔しいという気持ちのほうが大きかったのを覚えています。そして、その悔しさをバネにして、毎日部活の練習と自主練習を繰り返していました。

中学生だった私には、ラグビーだけでなくもちろん中学生としての学校生活もあります。当然ラグビー一色の生活とはいかず、勉学にも励まないといけませんでした。しかし、私は勉強が大の苦手で、勉強という言葉が嫌いで仕方がありませんでした。

それでも学校の授業のときは、山野先生が補助に付いてくださり、勉強のサポートをしてくださいました。この山野先生には、授業中以外でも毎日の学校生活をサポートをしていただいていたので、前にも書いたように学校内での親のような存在でした。先生は、勉強をしない私に勉強するように活を入れてくれたり、ときにはくだらない会話をして笑いあったりもしました。
そんな山野先生に私と初めて出会ったときのことや印象を尋ねてみたのですが、先生は、このように答えてくださいました。

私と神谷が出会ったのは、入学前に行われた小学校から中学校への引き継ぎの話し合いのときです。このときに、神谷の目が右はほとんど視力がなく、左は視野が欠けており、普通の人の四分の一しか見えていないと知りました。学校側も私の教師生活のなかでも弱視の生徒を受け持つということは初めての経験であり、不安があり保護者とも相談をしながらいろいろなことを聞きながら話をしたのを覚えてます。

これを聞いたとき、いろいろな人たちが中学校へ入学する私のために動いてくださったのだとあらためて感じました。
そしてそんな私が入学した後、ラグビー部に入部することにしたことについても尋ねてみました。

入学した後、体育の授業でバレーボールをしている様子を見ていて、サーブを打つことはできるが、味方や相手からのボールへの対応ができてなかったので、ラグビー部に入部すると聞いたときは、ラグビーなんてとても無理だと思いました。

体の接触のないラグビーはありえないし、タックルを受けたりすることなどを考えると、体にシャントチューブが入っているので、絶対に無理だと思った。

体の接触のない活動だけにするという保護者の要望もあったので入部を了解したが、もしも、と思うと心配で仕方がなかったです。

これを聞いたときに、山野先生にはたくさん心配をかけたけれど、常に私を気にしてくれていて、ラグビーの試合を見にきてくれたりしていたし、いつも応援をしてくれていたのだと感じました。そして、山野先生を含め周りの人たちに支えられながら私はラグビー漬けの毎日を送っていたのです。

しかし、勉強のこととなるとあまり努力をしない私に両親は手を焼いていたと思います。恥ずかしい話ですが、当時は学校で出された宿題を家でやることはなく、次の日学校に行って友達に見せてもらったり、授業がはじまる五分前にやったりしていました。

小学生のころは、毎日出される宿題を母が連絡帳で確認をするので、毎晩のように怒られて、泣きながらやったり、夏休みの宿題なども、遊ぶだけ遊んで夏休みが終わる二日ぐらい前になってからようやくやっていました。それくらい勉強が嫌いな私なので、連絡帳がない中学生になると、宿題をちゃんとやっているのか気にしている母との間でこんなやり取りがよくありました。

「あんた中学って宿題とかはないの？」

「うん、ない」

「嘘つきなや、絶対あるはずや」

「中学は宿題なんかないねん」

と、いつもこんな具合で「ない」という一言でごまかし続けていました。

しかし、中学校にはテストというものがあるので、テスト期間になると私は苦痛で仕方がありませんでした。そして初めてのテストのとき、もちろん家でも勉強はしましたが、テストの成績はよくありませんでした。家に帰り父に、

「返されたテスト全部見せろ」

と言われ、私は怒られると思いつつも父にテストを見せました。

すると、案の定、点数の悪い答案を見た父は、

「何、この点数？」

「お前、学校に勉強しに行っててんちゃうの？」

「学校は勉強するとこであって、ラグビーだけをしに行くところじゃない

で。お前がラグビーしたいって言ったとき、ホンマはもし体になんかあったら怖いから許可したくなかったけど、やりたいことやらしたろって思ったから許可したのに、そのお前が勉強をせえへんのはおかしいで」

「もし勉強とラグビーを両立でけへんで、次のテストで点数が悪くなる一方ならラグビーはやめさすからな」

と、怒りながら言いました。

そのとき、私はラグビーをやめる気はまったくないのに父に、

「分かった。次も点数が悪かったらラグビーをやめる」

などと思ってもいないことを口にして後悔しました。

そして、その後はまた毎日ラグビーに明け暮れる日々を送っていると、あっという間に月日が経ち、一年生二回目のテストがやって来ました。今回点数が悪いとラグビーをやめると約束してしまっていたので、必死に勉強をしてテストに挑みました。それから数日後、テストの答案用紙が返ってきたのですが、もしかしたらこの点数だとまた怒られるかもしれないと

考えた私は、家に帰って父に見せるときに、返されたテストのなかで一番点数のよいものから見せていこうと考えました。そうすれば一番点数の悪いものを見たときの叱り方が少しはやわらぐのではないかと思い、その日の夜、考えていた通りに父に見せました。

するとと、ほんの少しだけ点数が上がっていたのを見た父は、

「がんばればまだまだ点数が上がるから、これからもラグビーと勉強がんばりや」

と、私が想像していたのとはまったく違う言葉をかけてくれました。思ってていなかった父の言葉に驚いたことを記憶しています。

こうして引き続き大好きなラグビーを続けられるようになった私は、少しは勉強をするようになり、ラグビーもさらにがんばるようになりました。今になって振り返ってみると、もっとちゃんと勉強をして、勉強とラグビーをきちんと両立させることができたらよかったと後悔することがあります。なぜかというと、具体的に何かというのは分からないのですが、勉強

をすることで、もしかしたらラグビーに活かせる何かが得られたのではないかと考えたり、人間としてもっと成長できたのではないか、と思うときがあるからです。

こうしてラグビーをはじめて（試合にこそ出られませんでしたが）、毎日の部活での練習や自主練習にも慣れてきて、さらにラグビーにのめり込んでいた中学校生活も早いもので一年が過ぎ、私は二年生になりました。

2　後輩ができた

四月になり、私にも後輩ができました。今までは、私たちが一番下の学年だったので、いつも先輩たちからいろいろと教えてもらったりしていたのですが、これからは私たちが後輩たちにいろいろなことを教えていかなくてはならないとのだと思うとやはり不安がありました。

その不安とは、後輩たちと一緒にラグビーをするうえで、私の目のことなどをきちんと理解してもらえるのかということと、私が一年生のときに先輩たちにラグビーの分からないことを教えてもらったように、一つでも多くのことを後輩たちに教えてあげることができるだろうか（私が教えられることは少ないかもしれないけれど）、ということでした。このように考え、自分が先輩としてうまく後輩たちとやっていけるのだろうかといろいろ悩んでいた時期でもありました。

そんな感じでいろいろと考えているうちに、私たちラグビー部にも新しいメンバーが数人入部し、新チームとなりました。

最初にみんなで自己紹介をしたのですが、私は、

「自分は、周りの人に比べて目が見えません。だから、ボールを私にパスするときは、パスをするという合図の声を出してください。それでも、パスを落とすことは、多々あるとは思いますが。あとは、学校内で会ったときは『神谷さん』って呼んでもらえれば声で誰なのかを覚えるので声をかけてください」

と言って、目が見えないということを後輩たちに説明しました。するると、次の日から後輩たちは、校内で私の名前を呼んで声をかけてくれたのです。そうやって、先輩や同級生、後輩たちとコミュニケーションを取りながら、二年目のラグビー部での生活がはじまりました。

新入部員のなかには、幼いころからラグビースクールでプレーをしていた生徒が三人いて、彼らは先輩や私の同級生に混じって練習試合や公式戦などに出場する機会を得て、すぐにチームの新しい戦力となり、そのほかの未経験者の後輩たちも少しずつ試合に出してもらえるようになっていきました。そういう状況をそばで見ていると、悔しい気持ちと自分の努力がまだまだ足りないんだという気持ちで無性に腹が立ったのをはっきりと覚えています。

私自身は目のことがあるので試合には出ないという約束でしたが、なぜか試合に出ることを諦めることはありませんでした。それどころか、今、試合に出してもらえないのは自分の努力が足りないのと、自分より後輩のほうが技術的に上だからであって、この先、私が努力を続けてうまくなっていけば、いずれは自分も試合に出られると思っていました。確かに今の時点では私はまだまだうまくはないし、自分自身でもまったく納得できるプレーはできていない。それに、目やシャントチューブのことがあるので試合に出られない約束になっている。それでも、それを何とかして覆して、何か一つでもほかの人がマネのできないようなスキルを身につけ、周りから、

「神谷のあのスキルには勝てない」

「今日の試合で神谷がいたら、あそこのプレーでトライが取れただろうに」

「神谷と一緒にプレーがしたい」

と、言われるようなラガーマンになろうと考えていました。

そして、そうなるためには人一倍の努力だけではなれない、人の二倍も三倍も努力をしなければいけないと思い、ものすごく自分のなかでモチベ

ーションが上がり、さらにラグビーが楽しくなっていきました。

しかし、口で言うのは簡単ですが、人一倍の努力ができているのかも分からない私が人の二倍や三倍も努力するということは、並大抵なことでありません。そのためには、今までの自分に満足しないのはもちろんのこと、これから先も常に自分に満足をせず努力し続けないといけないので、自分のなかで目標を立てようと思いました。

ただ、目標と言ってもすぐに達成できるような小さな目標ではなく、もしかしたら無理かもしれないなって思うくらいの大きな目標を立てて、部活の練習でも自主練習でもがむしゃらにやっていこうと決意しました。がむしゃらにがんばるということは、どんなことに対しても積極的に取り組み、努力をし続けるということだと私なり考え、

「この中学三年間のラグビー生活のなかで何回もとは言わない。たった一回だけでもいいから試合に出て、自分の手でボールもってトライをしたい、そして周りの人たちに神谷を試合に出してよかったと言わせたい」

というような、目のハンディがある私にとってはかなり大きな目標を立てたのです。

でも毎日がむしゃらに練習をしていたこのころは、「いつになれば自分が努力していることを自覚できるのだろう?」と、思いながら生活していました。そして今、大人になって改めて考えると、努力というものは「自分は努力できた」と自覚することが難しいものなのではないかと思っています。つまり、努力できたという確信は、周りの人たちから「お前はよくがんばったし、努力した」と言われて、初めてもてるものだと思うのです。なぜそう思うのかというと、確かに自分のことは自分が一番よく分かっているのかもしれないですが、そこで自分が「自分はもう十分努力した」と満足するとそれまで成長していたものが止まってしまうと考えるからです。だから周りの人たちから「努力した」と言われたときに初めて、「自分は努力したんだ」と納得して次のステップにいけるのではないかと思っています。このように、人は努力を重ねて他人に認められることで、自分が納得することができて、「また次もがんばろう」とか、「さらにもっと上を目指そう」と思って努力をするのだという考え方は、成人してから強く意識するようになりました。

話は戻りますが、自分の立てた目標に向かってまずは、今の自分がほかの部員に勝てるところはどこだろう？　と考えました。そこで思いついたことが、

「自分はラグビー部のなかでは体が大きいほうだ。だから、この体を活かすプレーを覚えよう」

ということでした。

そのためには足腰の筋力と体力、ボールを持ったときの相手とのコンタクトの強さが必要となります。だからその日からは、部活でのコンタクト練習のときに自分には何が足らないのか、どうすれば今まで以上のコンタ

クトプレーができるのかを常に考えながら練習しました。そしてどんな小さな疑問でも、まず自分で考え、それを実行してみて、それでも解決しない場合は先生や先輩などに聞いて、自分なりに納得のいく答えを出すようにしました。

部活の練習が終わって家へ帰り、晩ご飯を食べるとすぐに着替えて近所の川沿いをランニング、戻ってきたら家の前で筋力トレーニング、そのあとはボールを持って相手に当たるときのイメージトレーニングをして、自分なりに一番強いと思う当たり方を体に毎日叩き込んでいきました。これを毎日続け、学校の練習では、体に叩き込んだ自分のイメージを試してみて、直すところは直しながらコンタクト練習を行いました。

こういう感じで毎日練習していて、一か月ぐらいが過ぎたときのことです。部活でコンタクト練習をしているとき、私がボールを持って突っ込んでいくと、当たった相手が飛んでいったのです。このとき私は、毎日体に叩き込んでいることや練習方法が、まちがっていないということを確信しました。

しかし、これだけでは進歩はしているとは思うものの、自分のなかではなかなか満足できなくて、「まだまだやれる」と思っていました。それでも、この自主練習のメニューを続けていくと、どんどん自分の当たりが強くなっていくのが感じられて、楽しくて仕方がありませんでした。

そしてこの自主練習を続けていたら、二年生の途中くらいから同じチームの人たちにもほとんど当たりで勝てるようになり、チームのみんなから、

「お前、めっちゃ当たり強くなったな」

「お前にタックルしても止められへんわ」

と言われたとき、自分がやってきたことがまちがいではなかったのだと実感することができました。そして何よりもチームのみんなが口にしたこの言葉を聞いて、「やっと一つ、自分のラグビーのスキルが認められた」といううれしさと、少し目標に近づいたという達成感をもつことができたのです。

私の当たりの強さがチームのみんなに認められたといっても、周りの人から見たら、いくつもマスターしているスキルのうちの一つかもしれない。けれど、そのほんの一つだけでもみんなを超えられたということが何よりもうれしかったです。しかし、当たりを極めるという目標は達成できたかもしれないが、そのほかの部分はまだまだできていないと思い、ここで満足せず、さらに部活の練習と自主練習を続けました。

そしてこのように一つできるようになるとさらに欲が出てきて、

「自分が立てた目標を、少しは達成したのかもしれないが、ここで満足したらあかん」

「同じチームのみんなより当たりは強くなったかもしれない。でも、ほかのチームにはさらにもっと強いやつがいると思うし、そういう選手を見てみたい。そして試合に出てそういう選手相手に今の自分の当たりが通用するのかを試してみたい」

「そういうレベルの高い世界を経験するためには、まず、どんなことをしても試合に出ないと何もはじまらない」

などと、一人でいろいろ考えました。そして、一人で考えた末に出した答えをある日、学校の練習が終わったあと家に帰ってすぐに両親に伝えました。

「おとん、おかん、俺な、今自分がどれだけラグビーができるかを試合に出て試したくなった」

「試合には出ないっていう約束でラグビーをはじめたけど、やっぱり練習してたら試合にも出てみたくなった」

「シャントチューブのことを心配するのは分かるけど、試合に出て自分の力を試してみたい」

するとと父は、

「ラグビーをはじめるときに約束したやろ。シャントチューブのこともあるし、危ないから練習だけでラグビー部に入部するって」

「だから、試合に出るのは認められへんわ」

と言いました。

それでも私は諦めずに、「試合に出たい」と何度も父に伝え、そして、「頼む、一回でもええから。もしシャントチューブが潰れて体調が悪くなっても絶対に学校の責任とかにはしない」

「それでラグビーができないようになるかもしれないけど、一回、試合で命を賭けて今まで自分がしてきたことを出し切って、自分がどれだけできるかを見てみたいんや」

「だからお願いします。学校の先生にも頼んでください」

「試合に出してもらえるんやったら、どんなに苦労しても、どんなことがあっても、我慢していくつもりなんや」

と涙を流しながら自分の想いを訴えました。

するとと父は、

「分かった。でも、もしお前の体に何かあった場合はすぐにラグビーをやめてもらうで」

「そしたら、学校の先生に話をするわ」

と言ってくれました。このとき母は、黙って私と父の会話を聞いていました。

ようやく「試合に出る」という自分の夢の実現に少し近づいたと思った私は、これからは今までよりさらにラグビーに取り組まないといけないな、と考えていました。

そのときの心境を両親に尋ねてみたのですが、父は、

「試合に出たいと言い出したときは、試合に出ても何もできないだろうから絶対に無理だと思った。でも、顧問の中島先生が『お父さん、この子やったら試合に出ても大丈夫やと思う、がんばっていけると思います』って言うのを聞いて考えが変わったんや」

「先生のこの一言で、なんでもかんでも無理と決めつけず、がんばってもらおうと思って学校の先生方に、責任は全部ウチが取るという約束でお願

いしたんや」

と答えました。

父と中島先生がこのようなことを話していたことをこのときはじめて聞きました。

中島先生は、私が二年生になったときに赴任してきて、ラグビー部の顧問をしてくださっていた先生で、本当にお世話になったし、いっぱい迷惑もかけてしまった中学時代の恩師です。

そして父と同じ質問を母にすると、

「ラグビー部に入ってからは、よくグランドの外から練習をこっそり見ていたから、考柄がどんなことができて、どんなことができないのかは、ある程度は知っていた」

「試合のときも考柄は出てないけど見に行っていたので、私の心のなかでは『試合に出てもいけるんちゃう』と思っていた」

「頭をぶつけたときの危険を考えたら難しい選択やけど、頭を手術したりしているんだから大事にせなあかんってことは、当の本人が一番よく分かっているはず。それでもやりたいって言うんだから、応援したかったし、チャレンジして欲しかった」

と言いました。両親のこの言葉を聞いたとき、私のわがままで両親にものすごく心配をかけたけれど、それでも応援し続けていてくれたのだと感じました。

その後両親が、先生方へ試合に出られるようにお願いしてくれ、先生方もそれならばということで許可してくれたので、時間はかかったけれど、やっと試合に出られることになりました。

試合に出られるということになってからは、さらに練習にも熱が入り毎日が充実していて、自分が出る試合の日がやってくるのをまだかまだかと指折り数えて待ちました。そして、ようやくその日がやってきました。初めて出場する試合は、公式戦の一回戦でした。

試合の日が近づいてくると、出られるのか出られないのかが分からないので、少し不安でした。その試合で今まで自分のやってきたことがまちがえていなかったのかを確かめることができると考え、人に当たり負けない体を自主練習でつくってきたという自負があったし、試合に対する緊張感を取るという意味でも試合の前日まで今までと同じように自主練習を続けました。

試合前日になると、学校の練習が終わったあとで翌日試合に出る一二人（中学校は一五人ではなく、一二人で試合をします）のメンバーが先生から発表され、名前を呼ばれた一人一人に学校名が胸に刺繍され、背番号が入ったファーストジャージが手渡されるのです。

私は、入部したときから一回もこのレギュラーの背番号が付いたファーストジャージに袖を通したことがなかったので、試合に出ても大丈夫ということにはなったけれど、このときは自分がレギュラーの背番号の入ったファーストジャージをもらえるのかは半信半疑でした。もしかしたらまた、リザーブ（控えの選手）の背番号のジャージを着てグラウンドの外から水運びしながら試合を見るだけで終わるかもしれないという不安もありました。そんな不安を抑えつつ、ファーストジャージを持った先生の所へ集合すると、レギュラーの発表がはじまりました。

このとき私は、ものすごく緊張していて、その場から逃げ出したくなるくらいでした。いつもレギュラーの人だったら、ただジャージをもらうというだけかもしれないですが、中学校に入学して無理だと言われたラグビー部に入部し、いろいろな人たちに支えられながらやっとここまで辿り着いた私にとっては、試合出てトライを取り、今まで自分がやってきたことが正しかったんだということを確かめることができるか否かの分かれ道だと感じていたので、その場にいたほかのチームメイトと比べるとかなり緊張していました。

レギュラーの発表がはじまり先生がこう言いました。

「じゃあ、ファーストジャージを渡すから、名前を呼ばれたら取りにきてや。背番号1、神谷」

　レギュラーの発表で今までに聞いたことがなかった自分の名前が呼ばれたのです。でも私は、すぐに先生の所へジャージをもらいに行くことができませんでした。なぜかというと、そのときは本当に名前を呼んでもらえるとは思っていなかったし、レギュラーの背番号が入ったファーストジャージに袖を通して、いつも外から見ていたグラウンドの中に入りラグビーの試合ができるのだということが信じられなくて驚いていたからです。

　すると中島先生が、

「神谷、早く取りにおいで。背番号1はお前やで」

と言いました。

　私は信じられない気持ちで、

「はい、ありがとうございます」

と答えました。背番号1が付いたファーストジャージを着させてもらえるということは私にとってとても重くて、責任を感じました。

そして先生がジャージを全員に渡し終え、解散となりました。そして帰宅しようとしたとき、

「おい、神谷おいで」

と、先生が声をかけてきました。

そのとき私は、「やっぱりお前を試合に出すのはなしや」と言われるんじゃないのか？　と思ってドキドキしていたのですが、先生は、

「神谷、このレギュラー番号のファーストジャージをお前に渡したのは、お前のお父さんが頼んできたからと違うで。俺がお前を試合に使いたいと思ったし、お前なら試合に出ても通用する、大丈夫やと思ったからやからな。だから絶対に自分は父親が頼んだから試合に出してもらえるとか思ったらあかんで」

「お前は、いろいろな人の支えがあったからここにおるけど、レギュラーが取れたのは、それだけじゃない。お前ががんばってきたからやで。だから明日の試合は思う存分楽しみ」

と言ってくれました。自分のなかで多少は、「もしかしたら親が頼んでくれたから試合に出られるのか？」と思っていたところがあったので、中島先生のこの言葉を聞いたとき、「自分がここまでがんばってきたからレギュラーが取れたんだ」と感慨深い気持ちでした。

このときは頭の中でいろいろなことがぐるぐると渦巻いていて、中島先生には、

「ありがとうございます」

としか言えませんでしたが、心の中は感謝の気持ちでいっぱいでした。

そして先生がこのときかけてくれたこの言葉は、私の迷いを取り払い、気持ちを楽にしてくれました。そして、この言葉を聞いて、「父から学校に話してもらったことは、確かに試合に出してもらえた理由のうちの一つではあると思う。でもそれだけじゃなく家族の支えと周囲の人たちの支えがあったし、自分もかんばってきた。だからこそ試合に出してもらえるんだ。だからこの先も周りの人に感謝することを忘れることなく、迷わず目

標に向かって進み、さらにチームに必要とされる選手になれるようにがんばっていけばいいんだ」と思いました。そしてその日は、中島先生の言葉をかみしめながら帰宅しました。

家に着いて、渡してもらった背番号1のファーストジャージを両親に見せながら報告しました。このとき本当は両親に言おうと思っていたのに、照れくさくて言えなかった一言があります。

それは、「ありがとう」という一言です。

今振り返ってみると、両親はどんなときも私のわがままに付き合ってくれました。このときも試合に出してもらえるようになるまで先生や学校に交渉してもらったりしてすごく迷惑をかけたのに、いつもと変わらず温かく見守ってくれていたことを分かっていながら中学生だった私は、いざ両親を目の前にすると、「ありがとう」っていう一言が照れくさくて言えませんでした。大人になった今では、何であのとき言えなかったんだろうって後悔しています。

試合前日の夜は、「試合に出場する」という目標がとうとう叶うんだ、と思うと緊張してなかなか眠れませんでした。布団に入っても、自分が今までやってきたことが正解だったのだろうかということや、学校での練習と試合というのはどんな違いがあるのか、さらに自分が今までやってきたことを果たして試合で思う存分出し切れるのだろうか、などと考えて、楽しみでもあったけど不安もかなりあって、なんとも言えない気持ちでした。いろいろなことをあれこれ考えながらもようやく眠りにつき、試合当日の朝を迎えました。目が覚めると前日ほど緊張や不安がなく、「早く試合がしたい。今自分がもっているすべてを出すんだ」という感じでやる気に満ち溢れていました。

いつもの朝と同じように朝ごはんを食べ、支度をして、家を出て試合会場へ向かいました。両親もいつもと変わらない感じで送り出してくれたのですが、一つだけいつもと違ったのは、母が、

「いってらっしゃい。頑張りや。あんたがやってきたこと出しといで」と言ってくれたことです。試合会場まで行く間に、出がけに母が言ってくれた言葉を思い出し、自分はいろいろな人たちに支えられているんだと思うと、そういう人たちのためにもがんばらないといけないと考え、さらにやる気が溢れ出してきました。

試合会場に到着し、試合用のジャージに着替え、試合前のアップをはじめました。しかし、レギュラーじゃなかったこれまでの試合前のアップのときとはまったく違って、朝起きたときの落ち着いた気持ちではなく、ものすごい緊張感でした。これから初試合なのだと思うと、プレッシャーに負けそうになり、緊張で震えていたのを覚えています。

アップが終わり、「試合に出て、自分がこれまでやってきたことが、どこまで相手チームに通用するのか試したい」と自分の中で掲げていた目標を達成する瞬間が近づいてきたのです。このときの私は、グラウンドに入るまでの間、緊張感と高揚感でじっとしていることができないくらいでした。

ラグビー部に入部してからこの試合に出るまでの、つらかったこと、苦しかったこと、自主練習をくり返していた日々、ここまで支えてくれた人たちのことなどが走馬灯のように思い出されました。そしてキックオフが近づいてくると私の気持ちがどんどん盛り上がり、とうとうキックオフの時間を迎えました。両チームがグラウンドに整列をし、お互いが向かい合い、「お願いします」と頭を下げ、キックオフの笛が吹かれ試合がはじまりました。

試合がはじまると試合前までの緊張感がなくなり、気持ちは落ち着いていました。初めて試合に出場したので、前半の最初のほうは自分がどのように動いたらよいのか分からなくて戸惑ったり、ボールの位置が見えなくてどこにいけばいいかなどが分かりませんでした。

試合は練習とは違いボールが常に動いていて、今まで自分が体験したことのない世界がグラウンドの中にはありました。

そんなふうに、戸惑っていると仲間達が、

「神谷、こっちや」

「神谷、ついて来い」

「神谷、相手がボールを持って来るから『出た』って言ったら出てタックル行けよ」

などと、声をかけて助けてくれたので、前半の途中から戸惑いが消えていきました。

私は試合中、ボールの位置や、誰がボールを持っているのか、誰にタックルすればよいのかなどが、目が見えないがゆえによく分かりません。それでも、ボールの争奪戦であるラグビーはボールのある所にみんなが走って行くので、人がかたまっている所へ走って行きました。そして自分がボールを持っているときには、相手を大きな物体として認知できたので、それを頼りにして動いていました。

初めて出場した試合の雰囲気にも慣れてきたときです。味方がボールを持って相手に当っていき、タックルされ持っていたボールを一度手放したとき、ついに私がボールを持って突っ込んで行くチャンスがやってきました。私はすぐにそのボールを拾って、これまでの思いとともに相手へ突っ込んで行きました。

タックルに来た相手を一人二人と突き飛ばして走っていたら、チームメイトの、「神谷、ゴールラインに入った。ボールを下に置け」という声が聞こえたので、無我夢中でボールをグラウンディング[6]しました。そのとき、レフリーの笛の音がして、「トライ」という声が聞こえたのです。

その瞬間、私は何が起こったのかが分からなくて、駆け寄ってきた仲間から、

「神谷、ナイストライ」

「ようやった」

と声をかけてもらってようやく、自分がボールを持ち込んでトライする

ことができたんだ、と実感しました。

こう書きましたが、実は、必死になってボールを持って走っていたので、トライをするまでの間の走っていたときの記憶がありません。トライをしたあとで、仲間達に言われてやっと状況を把握できたくらいですから、本当に無心で走っていたのだと思います。

前半が終わって後半に入り、何度かボールを持つ機会があったのですが、前半にトライをしたときのようにはうまくいかず、突っ込んではタックルされ倒されていました。

試合時間が過ぎていき、後半の途中で、また私がボールを持つ機会が来

（６）手に持ったボールを地面に着けること。また、地上にあるボールを、手で押さえるか、首から腰までの上半身で押さえるように倒れ込むこと。相手ゴール内ならトライとなる。

ました。そしてこのときも無心でボールを持ち、相手に当たって走ってい たら、仲間からの「神谷、ボールを置け」という声が聞こえたのでボール をグラウンディングしました。

するとまたもレフリーの笛の音と、「トライ」と言う声が聞こえました。 なんと、初出場の試合で2トライを取ることができたのです。

試合のあとでみんなに聞いたところ、このときのトライは、五〇メート ルの独走トライだったそうです。

そして試合時間が過ぎて、ノーサイドの笛が吹かれ、私が初出場した試 合は終了したのです。私自身は2トライすることができましたが、結果と してはこの試合、残念ながら負けてしまいました。

その日は、2トライを取ることができた喜びよりも、仲間達に助けても らいながら同じグランドに立って試合をすることができたということがう れしかったし、楽しかったのですが、何よりも試合に負けて仲間達と一緒 に悔し涙を流したことが、一番心に残っています。そして、自分が立てた目標がひとまず達成できて、今までやってきたことが正解だったと確信できたことが、この試合での最大の収穫だと感じていました。

そして同時に、確かに初出場したこの試合で仲間にフォローをしてもらって2トライは取れたけど、このトライは私一人で取ったトライではなく、ラグビーを教えてくれた先生や一緒に練習してきた仲間たち、いつも支えてくれている両親や周りの人たちがいたからこそ取れたのだと思います。だからこのトライは、私の周りの人たち全員で取ったトライだと思いました。

私の目標や夢が実現できるのは、周りにこういう人たちがいてくれるおかげなのだから、感謝の気持ちを忘れずにこれからもがんばっていかないといけないのだと考えていました。

人間というのは決して感謝の気持ちを忘れてはいけないし、周りの人たちから受けた恩は、きちんと返さないといけない。そうすることで、周りの人たちとの関係がより深いものになっていく。すると、大きな目標や叶わないかもしれないくらいの夢に向かってがんばっているときに、みんなが応援してくれ、さらにがんばることができ、目標や夢の実現に近づいていくんだと思っていました。

「一試合でもいいから試合に出てトライを取る」という目標はひとまず達成できたので、今度は、「次の試合にも出場する」という新たな目標を立ててラグビー取り組んでいこうと決めました。

この前の試合では自分がやってきたことが正解だったのだと思える結果が出せたとは思っていたけれど、それでも練習とは違ってまだまだ通用しないと思えたプレーも多かったので、そういうところを修正していき、次の試合ではもっとチームの役に立てる選手になろうと決意しました。

練習試合も含めて次の試合に出してもらえるかどうかは分からないけれど、とにかく次の試合まで練習でやれることは全部やって、絶対にメンバーに入るんだ、とやる気を出して学校での練習と家に帰ってからの自主練習を続けていました。

毎日こんなふうに練習を続けていたある日、中島先生から練習試合をすると聞かされました。でも、私はその試合で使ってもらえるのかという不安と、もしかしたら、私の出場機会は、あの試合一回のみだったのかもしれない、などと勝手に考え、自分で自分を追い込んでいました。そんな不安定な精神状態のまま練習試合の日を迎えました。試合前、先生からスタートはこのメンバーでいくという発表がありました。

このときは、「自分が使ってもらえるわけがない」とか、「でも、もしかしたら使ってもらえるかもしれない」など不安と期待が心の中で渦を巻いた状態でメンバーの発表を聞いていました。

すると、監督の口から私の名前が呼ばれました。心の中で不安と期待でいろいろと思い悩んでいた私は、大変驚きながら、初めての試合のときのと同じくかなり緊張しました。そして前の試合と同じくらいのモチベーションで試合に挑みました。

このときも前の試合と同じように仲間達が声を出してサポートしてくれたので、プレー中でも不安はそれほどなく、ボールを持ったときはタックルにくる相手に当たるということを繰り返していました。

この試合でも前の試合と同じく仲間達のサポートのおかげでトライを取ることができました。

そしてそのとき、

「チームのみんなには、いっぱい迷惑をかけるかもしれないが、こうなったら何がなんでもこれからの試合に出続けるんだ」

と、自分の中で決意しました。

今にして思えば、このころは初めて試合に出場して、それに続き練習試合にも出たことで（トライも取っているし）、少しテングになっていた気がします。そして「これからも試合に出続ける」と考えたのは、やはり少し調子に乗っていたのだろうなと思います。

ともかく自分の中だけではあるけれど、「試合に出続ける」と決意したので、さらにラグビーが楽しくなりました。そして、試合に出たら自分のプレーだけでなく、チームのためにプレーしたいという気持ちが今までよりも出てきました。そういう気持ちになったことで今までと違う考え方や目線で自分のプレーを見ていくことができるようになっていった気がします。

そしてその後は、周りの人たちに支えてもらいながら、なんとか次の試合と、そのまた次の試合と連続して出場（練習試合と公式戦）することができました。こうして試合に出ていると、強いチームと対戦したときには、自分の力がまだまだだと思い知らされたり、自分が試合で活躍できなかったときには、次は試合に出してもらえないんではないかと不安になったりしました。

出場した試合すべてで活躍するためには、今までと同じことをしているだけではだめだ、さらに上を目指して自分ができることは全部やろうと思い、毎日ひたすら練習をしました。練習中も、「どのようにすれば以前の自分より上へいくことができるのか」と、ボールを持ったときの体の使い方や、相手に当たるときの体勢などをいろいろ試し続けました。このころは自分のやっていることのゴール（最終到達点）が、どの辺りにあるのか自分でもまったく分からなかったのですが、「行けるところまで行こう」と思っていました。

さらに上のレベルの選手になるために日々がんばっていた反面、前にも書いたように、このころは試合に出るとだいたいたいトライを取れていたということもあって、いつの間にか自分はできるんだ、という気持ちになって、テングになり少し調子に乗っていた時期でもあります。おそらくこのときの私は、テングになっていることが分かるような軽いプレーをしていたのだと思います。

そのせいで、試合でボールを持って突っ込んでも、すぐに倒されたり、いつもみたいにトライを取ることができませんでした。さらに、周りの人たちの支えに対する感謝の気持ちがおろそかになっていて、自分がテングになっていることに気づくのに時間がかかりました。ようやく自分がテングになっていたと気づいたときは恥ずかしくて、支えてくださった人たちに対して申し訳ない気持ちでいっぱいでした。

今考えると、このテングになっていた時期は、チームにもかなり迷惑をかけたと思うけれど、こういうことがあったおかげで私は、「どんなに自分がうまくなっても、それは、自分一人の力ではない。支えてくれる人たちがいるからこそ、目標や夢が叶ったり、いろいろなことに挑戦することができるんだ。だから、感謝の気持ちを忘れずにひたむきにがんばることが大切なのだ」ということを学ぶことができたのです。

そして、いよいよ最上級生である中学三年生になり、中学校でのラグビーも最後の一年となりました。

3　最上級生になる

中学三年になり学校でもクラブでも最上級生となりましたが、学校生活自体は一、二年生のときとあまり変化もなく、今までのように学校へ行き友達と楽しく過ごしたり、勉強をしたり、それが終わると部活でラグビーをするという生活を送っていました。

それでも三年生になると、私の周囲でも高校受験の話が多くなり、周りのみんながどこの高校を受験しようなどと考えているなか、私は受験のことはまったく考えず、のんきに構えていました。当時の私はラグビーがしたいという気持ちしかなくて、周りのみんなと比べると危機感がなく、将来のことなど何も考えていませんでした。

家に帰っても勉強をするわけでもなく、ご飯を食べ、自主練習をして、風呂に入って寝るといった生活を繰り返していました。三年生になると、両親から、「そろそろ、自分の将来のこととか、高校はどうするか、とか考えや」と言われたりしたのですが、いつも「うん」としか答えませんでした。そんな私の危機感のなさを分かっている両親に、「ほんま考えや、ただでさえ周りのみんなに比べて、高校へ行くってなるといろいろ大変やねんから」と言われて初めて、私もさすがにこの先どうしようかなどと考えたりしました。

これから先の人生をどうやって生きて行こうかなんて、真剣に考えていなかった私は、自分が何をしたいのか、高校に行けたとしてもその先はどうしたいかなど、考えたこともなく、いつも目の前のことしか見ていませんでした。「なんとかなるやろ」と少し思っていた部分もあります。

それでも、徐々に進路について考えるようになった私はまず、自分が何をしたいのかを考えました。すると、頭に思い浮かんだのはやはり、小さいころから心に決めていた、「岩崎先生のような、どんな人でも助けられるようなマッサージ師になりたい」ということでした。ただ、中学生だった私は、どのようにすればマッサージ師になれるのかということをまったく知らず、「岩崎先生のような人になりたい」と漠然と思っていました。

そしてもっと具体的に今の自分が一番したいことは何かと考えたとき、思い浮かんだのはやはりラグビーでした。このときに、「自分は高校へ行って、ラグビーをするんだ」と決めました。高校でラグビーをするには、今の自分ではまだまだレベルが低いだろうとは思いましたが、どれくらいのレベルなら高校でやっていけるのかということは分かりませんでした。なので、考え方が単純な私は日々の部活でのラグビーの練習を大事にして、自主練習ですることをさらに増やせばいいんじゃないかと考えました。

このころは、毎回試合に出してもらっていたので、自分の目標である、「誰にも負けないくらいの当たりの強さを身につける」ということを自分の中で中心に置き、練習、試合に取り組んでいました。

この目標があったからか、自分でも少しずつ体が強くなっているのが分かるようになり、試合でもほとんど相手に当たり負けることがなくなっていました。そしてチームみんなのサポートのお陰もあり、トライを取れることが多くなったのです。あるときの試合では、一人で10トライを取ったこともありました。

そのせいか、チーム内では神谷がボールを持てばトライになる可能性があると言われたのですが、二年生の終わりにテングになって痛い目を見たので、調子に乗らないよう自分に言い聞かせていました。

常に「今よりさらに上へ」と思って練習や試合をしていた私は、「みんなのようにパスを受け、スピードをつけて相手

中学3年生の春の大会
（ボールを持っているのが筆者）

に当たることができたら、もっとチームの力になれる」と思ったのですが、やはり、目が悪いという壁にぶつかり悩んだりしました。

それでも自分の中で、いつの間にか気持ちの切り替えができるようになり、「パスが取れなくても、ルーズボールを拾って相手に当たり負けしないくらい強く突っ込めればいいだけの話だ」と思えるようになりました。このときから、「自分にはみんなと同じくらいの視力はないが、みんなより頑丈な体がある」と思えるようになり、ボールを持ったときは何がなんでもトライを取るんだという気持ちでラグビーをしてい

ボールを持ったらトライを狙う

ました。

するとチームのアタック（攻撃）で、ラインアウト(7)のときに、ボールを取った選手が私にボールをパスして、ボールをもらった私がブラインドサイドを攻めるというサインプレーができたのです。このサインプレーは、私がトライを取りにいくプレーだったのでものすごくうれしくて、チームのみんなからも戦力として必要とされていると感じ、さらにラグビーが楽しくなっていきました。

そして、この新しいサインプレーを試合で使うときがやってきました。このときは、「絶対にトライを取る」という強い思いでボールを持って、相手に突っ込んでいきました。すると、そのサインプレーが成功してトラ

(7)　ラグビーにおけるセットプレーの一つ。ボールがタッチラインから外に出たときに、両チームのＦＷの選手がタッチラインに垂直に2列で並び、その真ん中にボールを投げ入れプレーを再開する。

イを取ることができたのです。トライのあとで、思わずガッツポーズをしてしまったくらい、仲間と一緒にこのサインプレーで取ったトライはうれしいトライでした。

こうしてラグビーに関しては充実した日々を送りながら、中学三年の学校生活も半分を過ぎたころのことです。

私たちが練習していると、とある高校のラグビー部の先生が部員集めということで練習を見学に来ました。その先生とは、翌年から私がお世話になることになる東大阪市立日新高等学校ラグビー部監督の坪内貴司先生でした。

このころというのは、そろそろ受験する高校を決めないといけない時期でした。でも、まだはっきりと受験する高校を決めていなかった私は、担任の先生に、「神谷は高校へは進学するの?」と聞かれたときも、「ラグビーがしたいから、ラグビー部がある高校に行きたいです」というくらいしか答えられませんでした。しかし、あまり勉強が好きではなく、成績がそれほどよくなかった私が行ける高校は選ぶほどはなく、さらにそのなかでラグビー部がある高校となるとほとんどありませんでした。

この日の練習が終わり、中島先生が私ともう一人の部員を呼びました。そして、学校の相談室で坪内先生から日新高校のことやラグビー部の話をいろいろ聞かせてもらうことになりました。そのとき日新高校のラグビー部はまだできたばかりの部だということを教えてもらいました。部員数が少なく、ほかの高校との合同チームで練習や試合をしているということも聞きました。こういった話を聞いていて、なぜか私は、この日新高校のラグビー部でラグビーがしたいと思いました。

そして、坪内先生から聞いた話を頭の中でいろいろと思い出しながら、帰宅している途中であれやこれやと考えていると、やはりなぜか、「絶対に日新高校でラグビーがしたい」という考えに行き着きました。こうなると自分の中で、日新高校を受験するという決意が完全に固まっていきました。

家に着いてさっそく両親へ坪内先生と話したことを伝え、「俺、日新高校を受験して、日新高校でラグビーがしたい」と言いました。

すると両親は、私が普通の高校である日新高校を受験すると言ったことに驚く以前に、私が高校へ行ってもラグビーをするということに驚いている様子でした。

そして父親から、

「そんな急に何もかも自分で決めても、すぐに分かったとは言われへん」

「ちゃんと相談して、目のことも考えて特別支援学校へ行くことも視野に入れたほうがええんちゃうか？」

と言われました。

しかし、私は頑固な性分なので、自分がやりたいと思ったその気持ちを諦めたくなくて父親に、

「俺は特別支援学校には行かない。日新高校を受験して絶対にそこでラグビーがしたいねん」

と、自分の気持ちを伝えました。

特別支援学校ではなく日新高校へ進学し、今後もラグビーを続けていくということで、この日から何回も両親と相談して進路を決定しました。

そして学校の三者面談で進学の話になったときも、先生方に日新高校を受験し、合格すればラグビーがしたいということを伝えました。

しかし、この進路相談のときに何点かの問題点が挙がりました。まずは、もちろん目のことがありました。入試のときはどうするのか、もし高校へ合格したときは、どうやって学校生活を送っていくのかというようなことも話に出ました。そして、目の問題のほかにも大きな問題が一つあったのです。

それは、これまで勉強をあまりしてこなかったことが災いして、私の学力では日新高校に合格できる点数に足りていないという厳しい現実でした。ただたんに日新高校でラグビーがしたいという気持ちだけで合格できるわけはありません。

それでも、その時点で学力が足らなかったとしても、どうしても日新高校でラグビーをしたいという気持ちが強かったため、担任の先生に「絶対に日新高校に行きたいんです」と伝え、最終的に志望校を日新高校一本に絞りました。

大阪府の公立高校の入試は前期と後期に別れているのですが、日新高校は英語科、商業科、普通科があり、前期に英語科、商業科、後期に普通科の入試がありました。日新高校一本と決めていた私は、前期の受験を考えていたのですが、英語が苦手ということで、先生と相談した結果、商業科を受験することにしました。

三者面談が終わり、帰りにさっそく本屋へ行き、受験勉強のために公立高校の受験対策問題集を買いました。念のため前期と後期の両方を購入し、その日から受験勉強とラグビーの両立を目指そうと思いました。

しかし、中学校へ入学してから今まで勉強をさぼっていた代償は大きく、問題集を開きの公立高校の過去問を解いても、ほとんど分からない問題ばかりでした。これらの問題が分かるようになるためには、もちろん勉強をしないといけないのですが、入試までの時間が十分にあるわけではないので、効率よく勉強をする必要がありました。

しかし、今まで勉強をしてこなかったので、そういう勉強のやり方が分からず、ただひたすら年度別の問題を解いては回答を見て、次の問題へ取りかかるという方法で勉強をしていました。そして、これまで勉強をすることに慣れていなかったので、勉強をしなきゃという気持ちはあるのに、勉強をするとすぐにストレスが溜まり、なかなか勉強がはかどりませんでした。

しかし、勉強することで感じるこのストレスは、放課後、ラグビーの練習をしていると感じなくなります。なので、ラグビーをすることでストレスをうまく発散することができ、家に帰って勉強するという生活のリズムがつくれ、何とか自分の精神のバランスを保っていました。

ストレスを感じながらも、今までまったく勉強をしてこなかった私がなぜ勉強机に向かうことができたのかというと、ただただ日新高校でラグビーがしたいという一心からでした。だから勉強するときは、いつもこのことを考えて机に向かっていました。

少しずつ勉強をするようになったとはいえ、やはり勉強よりはラグビーに力を入れた学校生活を送っていた私に、とうとう三年生として迎える最後の大会がやってきました。

この最後の大会は、自分が後輩だった一、二年生のときとは試合に対する思いがまったく違いました。この大会を最後に自分は引退するんだと思うと、毎日の練習や大会までの練習試合でも、一つ一つのプレーやラグビーをしている時間そのものを大切にするようになりました。最後の大会前は私と同じように、ほかの三年生の仲間たちもラグビーをしているときの雰囲気が違ったように感じました。

自分たちが最上級生として今の後輩たちと一緒にプレーするということは、もう一生ないのだと思うと寂しく感じたのですが、だからこそ引退するまでの間は、もっとこの仲間たちとラグビーを楽しもうと思いました。

こんなことを考えながら毎日ラグビーをしていた、そんな夏の日のことでした。

4　異変

その日、私は自分の体に異変を感じました。突然、頭痛と吐き気に襲われたのです。

最初は、一晩寝て翌朝起きたら治っているんじゃないかと思って何もしないでいたのですが、頭痛や吐き気は治るどころかだんだんひどくなって、とうとうがまんすることができず、両親に頭痛がひどくなっていることを打ち明けました。

このとき自分のなかでは、もしかしたらシャントチューブに何か異変があったのかもしれないという思いがあったので、我慢ができないほどの頭痛でも、すぐに両親に言うことができませんでした。

それはなぜかというと、ラグビーの最後の大会がだんだん近づいてきているので、今病院に運ばれ手術をして入院ということになると、大会までの短い期間ではラグビー部に復帰できる可能性がかなり低くなると考えたからです。それどころか、もしかしたらこのまま最後の大会にも出場できずラグビー部を引退し、さらに高校ではラグビーができなくなるかもしれない。そう思うとなかなか両親に、自分の本当の状態を言うことができませんでした。

しかし、ついにこの痛さに我慢ができず、両親に「病院に連れていって」と言いました。両親は、私の体の異変にすぐに気づき、病院へ急いで連れて行ってくれました。病院へ向かう車の中で私は、

「なんでこんな時期に頭痛が起きんねん。今じゃなくてもええやろ。あんだけやってきたラグビーを最後までやらしてくれや」

「ラグビーを最後までやらしてくれたら、手術だろうがなんだろうが我慢

するから」

と心の中で思いながら、悔しくて、情けなくて自分の体が嫌になり、両親に見えないようにして泣いたのですが、次々と涙が出て止まりませんでした。

病院に着いて検査をすると、結果はやはりシャントチューブの異常が原因でした。

一歳四か月のときにシャントチューブを頭からお腹にかけて入れたのですが、そのとき、その先成長していくことを考えてお腹側に五センチほど余裕をもたせてシャントチューブを入れました。でも、五センチくらい余裕があったにもかかわらず、それ以上に体が成長してしまったのでお腹のほうでシャントチューブの長さに余裕がなくなり、お腹で固定していたところからシャントチューブが抜けてしまい、頭から髄液がうまく体内へ処理されず頭痛が起こったということでした。

一歳四か月でシャントチューブを入れたときから、「将来的にはシャントチューブなしで髄液を処理できるようになるとよいのだが」と言われていたので、このとき体内に入っているシャントチューブを取り除いて自分の力で処理できるようになっているか様子をみてみようという話になりました。これができるようになると、もうシャントチューブがいらない体になり、そうなるとシャントチューブのことを考えなくていいので、今よりももっと自由に生活できるようになるということでした。そこで、シャントチューブを取り除く手術をして、入院しながら様子をみることになりました。

入院している間は、ずっと病院のベッドの上で、

「こんな体、早く治してすぐにラグビー部へ戻ってラグビーがしたい」

「退院したら、入院していた間の分もラグビーを思うぞんぶんやるんだ」

と、ラグビーをすることばかりを考えていました。

そんなある日、入院中の私を勇気づけてくれ、さらにがんばろうと思える出来事がありました。それは、中島先生とコーチたちがお見舞いに来て

くれたことです。

そしてそのとき、中島先生からラグビーボールをいただきました。さらにラグビーボールとは別に、チームの仲間から預かってきたと言って、中島先生は私に一枚の色紙を渡してくれました。

先生たちが帰った後、先生に渡していただいた色紙に目を通しました。するとそこにはチームの仲間一人一人からの応援メッセージが書かれていました。私はルーペを使いながら仲間からのメッセージを読みました。そのメッセージを読んでいたら、励まされたり、勇気をもらうことができたりして、「こんな体の異常ごときで負けていられない。何がなんでも絶対にラグ

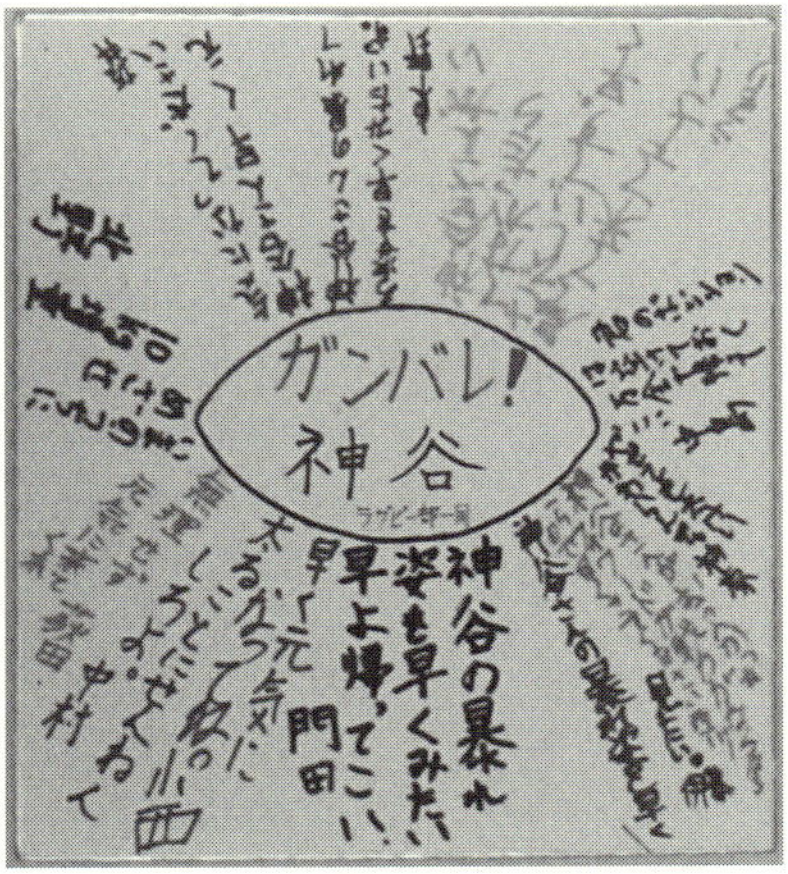

入院中、ラグビー部の仲間からもらった色紙

ビー部に復帰するんだ」と強く思いました。

この入院生活で様子をみていた、シャントチューブなしの状態は、当初は大丈夫そうな感じがあったのですが、結局また頭痛が起きてしまい、やはりシャントチューブなしで生活することは難しいという結論になり、もう一度体内にシャントチューブを入れ直す手術をすることになりました。

その手術が終わると体調が落ち着いてきて、私はようやく退院することができ、自宅で少し術後の様子をみたうえで、学校へ戻ることができました。

このときは、最後の大会前にラグビー部へ戻ることができるという喜びと、そばで支えてくれた両親、お見舞いにきてくださった先生方、色紙で入院中の私を勇気づけてくれた仲間たちへの感謝の気持ちでいっぱいでした。

退院してから数日が経ち、私はラグビー部へ復帰しました。

すると、チームの仲間たちは、

「神谷、お帰り。ずっと待ってたで」

と、笑顔で迎え入れてくれました。

このときは、この場所に戻ってこられたうれしさももちろんありましたが、それ以上に、あんなに自分を勇気づけてくれた仲間や先生方には必ず恩返しをしないといけないと考えていました。

残り少ない時間のなかで私がみんなにできる恩返しというのは、ラグビーしかないと考え、この日の練習からプレーの一つ一つで返していこうと思ったのを今でも覚えています。こうして、この決意を胸に最後の大会までの少ない時間を大事にしながら練習に取り組んでいました。

最後の大会が徐々に迫ってきて、私たちのラグビーに対する想いは、ますます強くなり、何がなんでも大会を勝ち進み、みんなが一日でも長くこのメンバーでラグビーがしたいと思っていました。なので、自然と練習にも熱が入り、毎日の練習は内容の濃いものとなったのですが、私たちのチームは「強い」と言えるほどの実力があるわけではなく、一回戦は勝てたとしても二回戦を勝てるかどうかというレベルでした。

おそらくチームのみんなも、自分たちのレベルは十分に分かっていたと思います。だからこそ最後の大会まで必死に練習をして、一日一日を過ごしていたのです。

私も、もちろん自分たちのレベルは分かっていましたが、分かっているからこそ、自分がトライを取ることでその壁を破り、チームが勝ち進んでいけるようにしたいと思っていました。でもこのときは、チームのなかで自分は相手への当たりが強いほうだからトライを取らなくてはいけないと思っていたわけではなく、試合ではいろいろな場面で仲間が必ずフォローしてくれるので、仲間を信じてプレーしていれば自ずとトライは取れると考えていました。そして、試合が近づくにつれてチームの絆がだんだんと深くなっていき、一緒に練習をしていて、チーム全員の勝ちたいという気持ちが強く感じられました。

そしていよいよ試合の前日を迎え、「絶対に勝つ」と強く思ってはいましたが、その反面、「もし、負けてしまったら今日が最後の練習になるんだ」という思いも心によぎり、不安というよりも少し寂しい気持ちにもなりました。こういう気持ちになってなおさら、「何がなんでも一回戦を突破してやるんだ」と思いました。

その日の練習後、翌日の試合のためのジャージを、緊張しながら中島先生から受け取りました。私にとって思い出深い背番号1のジャージです。ジャージをもらったとき、自分が初めて試合に出たときのことを思い出しました。そして、「あの日から今日までいろいろなことがあったけど、自分の周りにはいつも中島先生や仲間たち、そして両親。たくさんの人がいてくれて、支えになってくれた。だから自分はここまでラグビーをさせてもらえたんだ」と改めて思い、涙が出そうなりました。その一方で、何としても明日の試合に勝って一日でも長く仲間たちと一緒にラグビーをするんだ、とも思っていました。

家に帰り、翌日の試合に備えてスパイクを磨きながら、入部してからのことを思い出したりしていると、だんだんと今まで経験したことのないような緊張感が襲ってきて、どうしたらいいのか分からなくなったのを覚えています。

この日は布団に入ってもなかなか寝つけず、あれやこれやと考えていたらとうとう試合当日の朝になってしまいました。いつものように朝ご飯を食べながら試合に行く準備をしていると、母は私がものすごく緊張しているのを感じたようで、

「何、緊張してんの。あんた、目が悪くていろいろな人に支えられてはきたけど、よく途中で諦めんと三年間ラグビーできたな」

「もうここまでやってきたんだから、緊張せんと最後まであんたが好きなラグビー楽しんどいで。怪我してもええから頑張っておいで」

と声をかけてくれました。それで少し緊張がとれ、ラグビーをやってきた三年間をすべて出し切る気持ちで試合に挑もうと決めました。

こうして家を出発して、試合会場に着き、みんなでアップをして迎えた一回戦。

「ピー」というレフリーの笛がなり、試合がはじまりました。

今思うとこの試合の内容は、集中しすぎていたせいかあまり記憶にないのですが、自分たちが最初にトライを取り、その後はディフェンスをしている時間が割とある感じで試合が進んでいったように記憶しています。そして前半の途中に私がボールを持つチャンスが来たので、ボールを持ち無我夢中で相手陣に突っ込んでいきました。するとそのプレーがトライにつながったのです。

後半に入ると、以前つくったサインプレーを使ったりしながら（このときもトライを取ることができました）、私たちが得点を重ねました。そして、時間がすぎてノーサイドの笛がなり、私たちはこの試合に勝利することができ、仲間と一緒に喜び合いました。二回戦までの少しの間ですが、また仲間たちと一緒にラグビーができると思うと、勝利した喜びはもちろんですが、安堵感のほうが大きかったことを覚えています。

私はこの試合で三年間やってきたことをすべて出しきれた気がしました。そのせいなのか、試合に勝利したあとで、自分は本当に周りの人たちに支えられている恵まれた環境なんだなあと改めて感じることができ、感謝の気持ちでいっぱいでした。

こうして、一回戦を突破した私たちは二回戦へ向けて、気持ちを新たにして練習に取り組んでいきました。ただ、二回戦まではそれほど時間がないので、サインプレーを重点的に練習しました。今までやってきたことを確認しながら、一回戦で悪かった点を修正して二回戦への準備をしていきました。

このときの私は、一回戦の前とは違い、「もし負けたら」とは一切考えずに、ただ勝つことだけを考えながら二回戦までの時間を過ごし、前日も前の試合のときのように緊張することなく、むしろ気持ちは落ち着いていました。そして、「明日は、絶対に勝つ。そのためには自分のもっている力をすべて出しきるんだ」と、考えながら眠りにつきました。

試合当日の朝が来て、試合の準備をして家を出ました。

この日は緊張感よりも、試合ができることを楽しいと感じる気持ちが勝っていて、自分でもなぜこんなに緊張しないのか不思議な感じだったのを覚えています。

そして試合会場に到着し、みんなでアップをしてグラウンドに入り、レフリーの笛でいよいよ試合がはじまりました。前半の途中まで両チームともトライを取れないまま試合は進んでいったのですが、先に相手に得点を取られ、リードを奪われてしまいました。リードされてしまったので、どうしてもトライを取らないといけない状況に追い込まれたのですが、突っ込んでいっても相手に止められ、なかなかトライを奪えないという状況でした。それでも、なんとかトライを取り返したのですが、その後、またも相手に得点を奪われ試合は相手リードのまま前半を折り返しました。後半に入り、私たちは攻め続け、相手のゴール前でペナルティをもらいました。

そこで私たちのチームは、サインプレーで攻めることにしたのです。

このとき、自分たちは負けているので、ここでは絶対にトライを取らないといけないというプレッシャーに負けそうになりましたが、今まで練習でやってきたことをここですべて出しきろうと思い、ボールを持って相手に突っ込みました。

何とかゴールラインの手前まではタックルにくる相手を突き飛ばしながらいけたのですが、あと一歩のところで止められてしまいトライが取れないまま相手ボールに変わって、その後、相手がボールをタッチに蹴った瞬間、レフリーのほうからノーサイドの笛が聞こえたのです。

ノーサイドの笛が聞こえた瞬間私はグランドに崩れ落ち、涙を流しました。このときは試合に負けたという悔し涙ではなく、自分の力不足でトライが取れなかったから負けたんだと思い、自分の力不足に対して流した悔し涙でした。

最後に相手チームと挨拶をかわしてグランドの外に出たとき、先生たちから、「お疲れさん、お前らようがんばったな」と声をかけられ、「これでほんまに引退やねんな」と思うと、このときも涙が止まりませんでした。そして後輩たちに、「今までありがとう。これからもがんばっていけよ」と声をかけました。そして私の中学校でのラグビー生活は終わりました。

中学校の三年間を振り返ってみると、小学校の途中くらいまではスポーツをすることがそんなに好きではなかった私が、たまたま友達と公園でラグビーのまね事をして遊んだことがきっかけで、中学校へ入学したあと両親に相談もしないで勝手にラグビー部へ入部したことが私のラグビー人生のはじまりだったんだなあ、と当時のことを思い出します。

中学校へ入学したころは、自分はほかの人と同じようになんでもできると思っていましたが、やはり目のことでいろいろと苦しみ、いやになったりしたこともあったけれど、周りのたくさんの人たちに支えてもらい、学校生活を送ることができました。それから悔しさをバネにして努力することが大切だということを、ラグビーから教えてもらったし、仲間の大切さや何事も諦めずに努力することの大切さも学びました。そして叶わないかもしれないくらいの大きな夢や目標でも、努力をすることでその夢が叶ったり、目標に近づいたりするんだということを学んだ三年間だったと思います。

中学校でラグビーというスポーツに出会えたからこそ、三年間でいろいろなことを学ぶことができ、人の心の温かさを身をもって感じることができたのではないかと思っています。このあと続いていく私の人生での大切なことを学べた三年間でした。

5　中学校卒業

こうしてラグビー部を引退した私は、本格的に高校受験へ向け受験勉強に取り組んでいくことになりました。

前にも書きましたが、秋になり、担任の先生との三者面談のときに日新高校の何学科を受験するのかという話になり、私は英語が嫌いだからという理由で商業科を受験することに決めていました。

それからというものは、日新高校へ合格をするために毎日問題集を解いたり、成績のよい友達や先生方に勉強を教えてもらったりしながら、受験勉強に追われていました。そして受験勉強漬けの日々を送っていると、あっという間に願書を提出する時期がやってきました。私は願書受付の一日目では願書を出しませんでした。それは、一日目に商業科へ何人が願書を出したのかという数字が、次の日の新聞に掲載されるので、それを見たうえで願書を出そうと考えていたからです。そして翌日の朝、新聞で願書の提出状況を見てみると、なんと日新高校の商業科は八〇人の募集に対して一六〇人が願書を出していると書いてありました。

こうなると私の成績では確実に合格するというのが難しく思えたので、すぐに担任の先生と相談しました。そして、英語科が募集人数より願書を提出した人数が少なく、定員割れをしていたので、私は何も考えず先生に、「受験するのを英語科に変更したいです」と伝えました。すると先生は、「変更するのは可能やけど、神谷の場合はテストのときの拡大コピーとか時間の延長の配慮の手続きなどがあるから、変更するとその手続きが間に合わないかもしれんで」と言いました。でも私は、どうしても日新高校に入学して、ラグビーがしたいと強く思っていたので先生に、「英語科に変更したいです」と深く考えずに答えていました。

先生方にも両親にも、ものすごく迷惑をかけてしまったのですが、結局、英語科を受験することにして願書を提出しました。このとき先生方が手続きをしてくださったおかげで、私は受験に際しての配慮をしていただき、なんとか英語科を受験することができました。

願書を提出してから試験当日までは、日新高校の英語科に合格するために必死で勉強をしました。ひたすら問題集を解きつづける毎日を過ごし、とうとう入試の日を迎えました。

朝起きて支度をして家を出たのですが、試験会場まで向かう間も緊張感と不安感でいっぱいでした。

なぜなら、今まで勉強嫌いでほとんど勉強してこなかったせいで、受験勉強は分からないことばかりで、ものすごく苦労したということがあったし、自分の成績がよくないということは両親や学校の先生よりも自分が一番よく分かっていたので、受験に失敗する可能性もあると思うと、本当に大丈夫なのかどうか不安で仕方がありませんでした。

こんなふうに緊張と不安を抱えながら日新高校へ到着しました。私は受験するにあたって、目のことに配慮をしてもらっていたので、一緒に受験にきていた同じ中学の友達とは別の教室での受験ということで友達と別れ、一人で受験する教室へ向かいました。教室では私一人なので、席について試験がはじまるのを待っていました。

するとテストの監視の先生が入ってきました。その先生の声を聞いていると、どこかで聞いたことのある声だと思いました。するとその声は、なんと日新高校ラグビー部の監督、坪内先生の声でした。そのことに気づいた私は、知っている先生が監視してくれるということで少し緊張がほぐれました。

私のために拡大されたテスト用紙が配られ、入試を受ける際の注意事項などの説明を受け、いよいよ入試がはじまりました。

入試は国語、数学、英語の三教科でした。受験前に友達や先生に教えてもらったところが出題されたりしましたが、分からない問題も多く、かなりてこずったのですが、何とかすべての科目を終わらせて受験は終了しました。

試験が終わり、少しは気持ちが楽にはなったのですが、このときは英語科が八〇人募集で受験した人数が八一人だったし、自分のなかで試験がよくできたという手ごたえがあまりなかったので、私が不合格になってしまうのではないかと、帰り道では不安でしょうがありませんでした。

とりあえず家に帰ってから、その日はゆっくりと過ごしましたが、次の日からは、後期試験で日新高校を受験することもあるかもしれないと考え、合格発表を待たずに受験勉強をはじめました。しかし、前期試験の合否が気になってしまい、まったく勉強が手につかず、落ち着きませんでした。

それから数日が経ち、ついに合格発表の日がやってきました。私はものすごい緊張感に包まれながら日新高校へ向かいました。

このときは、中学校での三年間、私のサポートをしてくださっていた山野先生も付き添いできてくださり、一緒に合格発表を見ることになりました。日新高校に到着し、合格発表の時間を待っていると、先生方が合格者の受験番号が書いてある紙を貼り出しました。

山野先生に、「神谷の受験番号あるか見たろか?」と声をかけていただいたのですが、私は、「大丈夫です」自分の目で最初に合否を見たいです」と答え、単眼鏡を手にし、張り出された紙に書かれた受験番号を英語科のところの端のほうから一つ一つ見ていきました。

張り出された紙の一枚目を見終わったとき、そこに自分の番号がなく、

「合格できなかったか」と諦めかけて二枚目を見ていたら、二枚目の真ん中あたりに私の受験番号が書かれているのが見えたのです。

私はそのとき信じられなくて、何度も受験票と合格発表の紙を交互に見直して自分が合格しているということを確かめ、うれしくて思わず隣にいた山野先生に抱きつきました。

ちょうどそのとき坪内先生が合格した生徒たちをラグビー部へ勧誘していて、私に、「合格おめでとう」と声をかけてくださいました。このときは、「やっと日新高校でラグビーをする」という夢が叶うんだと思うとうれしくて仕方がありませんでした。

帰り道で両親に、「無事に合格できました」と電話で報告をしたあと、中学校の先生方へ報告をするために学校へ向かい、「いろいろご迷惑をおかけしたり、お世話をおかけしましたが、おかげさまで日新高校に合格することができました。本当にいろいろとありがとうございました」と、お礼を言ってから家に帰りました。

家に帰ってすぐに、小さいころから私の目の治療で大変お世話になっているマッサージ師の岩崎先生のお宅に電話をし、「高校に合格することができました」という報告をすると、「今から少し会いに行くわ」と言ってくださり、岩崎先生と家族の方が私の家まできてくださり、先生と話をしたのを覚えています。

その日から私の頭の中は、高校へ行ったらどんなことがしたいとか、どのようにして勉強していくのかなどはまったく考えていなくて、ただただ「日新高校でラグビーができるんだ」ということしか考えていませんでした。

それから高校入学までの間に日新高校の先生や中学校の先生、私と両親で高校に入ってからどのような配慮が必要かなどの話し合いがあり、高校へ入学する前にすべきことや入学したあとの準備をいろいろな人の手を借りながら進めていきました。

高校に入ってラグビーをすることばかり考えていたら、あっという間に時間が経ち、いよいよ中学校の卒業式が近づいてきました。

私の通っていた中学校はほとんどの生徒が小学校と同じメンバーだったので、ここまではまったくといっていいほど卒業という実感がなく過ごしてきたのですが、学校で卒業式の練習などがはじまると、徐々に自分が卒業するという実感が湧いてきました。

そして、ついにやってきた卒業式の日、朝、学校に行く前に両親に照れながら、「今までいっぱい迷惑をかけたけど、いつも俺のしたいようにさせてくれてありがとう」と伝え、私は学校に向かいました。

学校へ着くと、友達や学校内の雰囲気が卒業一色で、「自分もいろいろなことがあったけど、ついに卒業なんや」と、感傷的な気持ちになりました。思えばこの中学校での三年間は、小学校では学べなかったことをいろいろと学ぶことができたと思います。

しかし、こうして大切なことを学ぶことができたというのは、やっぱり私を生んでくれ、迷惑ばかりかけ続けてもいつも私が思うようにさせてくれ、見守りながら育ててくれた両親の存在がものすごく大きいと思っています。感謝の言葉を何度言っても言いきれません。本当に感謝しています。

卒業式が終わったあと、お世話になった先生方へお礼を言って回りました。そして三年間、授業のときだけでなく学校生活のすべてで、いつも私をサポートしてくださった山野先生にもご挨拶し、記念写真を一緒に撮りました。

それから、目のことがあるにもかかわらずほかの選手と同じように接していただき、私の相談をいつも聞いてく

卒業式の日、お世話になった
山野先生と

だきったラグビー部の中島先生にも、「ありがとうございました。これからもがんばっていきます」と感謝の気持ちを伝えました。こうして、私はたくさんのことを学ぶことができた中学校を卒業しました。

中学校時代のラグビー部の監督であった中島先生に、今、改めて私のことについて聞いてみたのですが、初めて出会ったときから卒業するまでのことを手紙に書いて送ってくださいました。

初めて神谷君と会ったときの印象ですが、実際のところ、中学校に転勤する前に本人のことはあらかじめ聞かせてもらっていました。

正直に言うと、少し構えた気持ちで会ってしまいましたが、そのときの感じは、そんな気持ちでいたことが失礼なほど自然でした。

その自然さは、彼自身のおおらかさからきていると思うのですが、しっかり私の方をまっすぐ向いて話をしようとしてくれました。話をしているうちに私は何を構えて向き合っているのか恥ずかしい気持ちになったことを覚えています。

その瞬間に「この子は純粋に、素直にクラブがしたいと思っているだけだ」と確信しました。

これは言いすぎではありません。普通の中学生が普通にラグビーがしたいと思っているだけだったのです。

それまで周りの人から聞かせてもらって不安に思っていたこと、不安に思うことは当たり前だと思いますが、会った瞬間にほとんど消えていきました。それが今思い出して言えることです。

それから、他の部員とともに練習に参加する神谷君を見ていくことになるのですが、彼の練習態度は、部の中でもトップです。もちろん当時は同じ練習の中でもできないことも多く、本人もじれったい気持ちになることも多かったと思いますが、彼が失敗することを誰も攻めません。私も攻めません。なぜなら、彼が一生懸命だからです。

他の部員よりハンディがあることを愚痴ることなど一切ありません。あとで私は気づいたのですが、彼に「ハンディ」があると感じているのは私だけで、彼は自分に「ハンディ」があるなどとは考えていなかったのです。ただ純粋に今よりうまくなろうと思って練習していただけなのです。

彼の練習姿を毎日見ているうちに、ほんの少しずつですが、彼のことがわかってきました。

彼は、中学生がみんなそうなるのと同じように、好きなスポーツができて頑張ろうとしているだけなのです。そして、それに打ち込むことで彼自身が確実に成長していたのです。

彼のためにも、是非とも今の状況を一歩進めてあげたい、そう私は考えました。

そう、それまで我慢させてきた試合に出ることをかなえてやりたい、彼に懇願される前に自分が責任持ってかなえてあげたい、かなえさせてもらいたいと思いました。

五月のはじめだったと思います。彼にその話をもちかけたら、「出たいです」の返事がすぐ帰ってきました。その足で彼のお母様に話すと、ほっとしたようにお願いしますとの答え。それまでは私には一切そのことを口に出されることはなかったのですが、心の底から待っていたのでしょう。即決でした。

私自身、そのとき不安などはありませんでした。そうすることが自然で当たり前の結論でした。

試合に出られるとなった後の神谷君の活躍はすさまじかったですね。お世辞抜きに、考えてみれば、チーム1、というより他の中学生と比べてもかなりの体格でしたから、今思い返しても、タックルで返される場面は思い浮かばないですね。また、その彼がびっくりするほど速く走るのです。きっと対戦する中学生には脅威だったと思います。「躍動」という言葉がぴったりくる姿でした。

彼を見ていて不思議だったのが、前がよく見えないはずなのに、しっかり走れることでした。

ある日試合で、相手選手が独走しているところを、バッキングで一目散で追いかけた彼がゴールライン直前でその選手をタックルで倒す場面がありました。数十メートル離れたところから相手を見つけて一直線に走っている彼を見て、試合後、どうやって相手を確認できたのかと聞いてみると、「影のちょっとした濃さの違いで敵か味方か、ボールを持っているかがわかります。」と答えました。目がどうの、どこがどうでなく、体全体の感覚を使って彼は自分の力にしているのです。

その時、私の「当たり前」は「将来への確信」に変わっていきました。私が知る限り、中学生時代、彼は試合で「アクシデンタルオフサイド[8]」をしたことがありません。味方の姿も完全に確認していました。

中学生時代も、もちろん彼はチームにとっての軸であり、彼を中心にサイドアタックやモールがチームの攻撃の軸でした。少ない部員でしたが、お互いの長所を結集しながら、試合に挑んでいくラグビーチームらしいチームになっていきました。

途中、体調の変化で数か月ラグビーができない時期もありましたが、ごく普通の中学生として、ラグビー部の活動を終えさせてあげれることができました。ただ、次のステージへ進むことを希望した彼に対し(9)

---

(8) オフサイドのポジションにいるプレーヤーが、プレーの意図を持たずにボールに触れるか、あるいはボールを持った味方のプレーヤーと接触することで生じる反則。

(9) ラグビーの試合中に起きる密集の状態の一つ。ボールを持っているプレーヤーが、相手側の一人またはそれ以上のプレーヤーに捕らえられ、ボールキャリアーの味方一人またはそれ以上のプレーヤーがボールキャリアーにバインドしているときに発生する。

て、どういうアドバイスをするべきかについては、正直私も悩みました。

それまでは、小さい頃から彼を知っている人たちに囲まれての生活でしたから、彼のことを理解してくれている人たちに支えられていた部分が大きかったことは事実です。また、そうしようと思える彼の人柄がなせるものでした。

それを逆に知らない人の多い世界で、より高く複雑な世界に飛び込んでいくことについて、慎重に考えないわけにはいきませんでした。でも、不思議に、これはおそらく私だけでなく、彼の将来を考えようとした人たちはみんなそうだと思いますが、「どうにかして彼の希望をかなえられる道筋を探り出そう」と思いました。

そこで出した結論が日新高校への進学でした。

「日新高校にラグビー部を」という思いは東大阪に赴任したころからの私の願いであり、ちょうど彼が中学3年生の年に実現しました。

東大阪の中学校で同じくラグビー部の指導に当たり、情熱を持って日新高校に赴任した坪内氏は、中学校教諭時代と変わらぬ情熱とともに、公立高校の新しいチームを育てあげようと奮闘しておられました。

才能やセンスでなく泥臭いラグビーを目指している指導スタイルに「このチームなら懸命に取り組もうとする仲間を見捨てることはないだろう」と思いました。

私が過去に指導した子どもたちの中にも日新高校に進むものが多いことや日新高校自体が弱視生徒の指導の経験があることもあり、本人と保護者にもその思いを話しましたが、その前に神谷自身が日新高校への思いを想像以上に持っていましたので、後は彼が学力検査で合格してくれることだけでした。

それはそれは最後までヒヤヒヤしましたが、無事合格してくれました。

その後の活躍はみなさんが知るところです。

このような丁寧な手紙を送っていただきまして、本当にありがとうございました。

この手紙を読んで、中島先生を含め、たくさんの人たちのお世話になったし、支えられていたんだと思うと、改めて恵まれた環境だったんだなあと感じました。

中島先生や周りのいろいろな人たちのおかげで、私は日新高校という新しい場所でまたラグビーに取り組むことができ、そこで新たな仲間と出会い、これまで以上にいろいろなことを学ぶことができたのだと感謝しています。

第三章――「夢みるちから」

大阪工大高校戦でのスクラム
（右チーム最前列手前が著者）

1　高校入学

日新高校へ入学することが決まった私は、入学してからどのようにして学校生活を送っていくのか、またどのように授業を受けていくのかなどを、先生方や両親と相談しながら入学の準備を進めていきました。

こうしていよいよ日新高校へ入学し、私の人生のなかで記憶に残り続けるであろう日々がはじまるのです。

入学式が終わり自分のクラスへ入ると、今までとは違い、初めて会う人が多くて少し不安もありましたが、中学のときの友達も何人かは一緒に入学していたので少し安心しました。その後、担任の永原先生が教室に入ってきて、先生から挨拶や話があったのですが、そのときに先生から私の目が悪いということをクラスのみんなに伝えてもらいました。

私の目が悪いということを先生から聞かされた初めて会うクラスメート

はどんな反応をするだろうか、と少し不安もありましたが、そんな不安はすぐに消えてしまいました。それは、日新高校でラグビーができるという喜びが、そんな不安を吹き飛ばすくらいに大きかったからです。

新学期の最初に私たち新入生に対して、各クラブの先輩たちが新入部員の勧誘をしたり、体育館で部活の紹介をしたりしていました。そのときに初めて、ずっと入部したいと思っていた日新高校ラグビー部を見たのです。部活の紹介を見たときにはすでにラグビー部へ入部する気持ちでいたのですが、とりあえず一週間の体験入部ということだったので、体験入部をすることにしました。

授業が終わり、ラグビー部へ行ってみると、そこにはこれから一緒にラグビーをしていく仲間となる、笹川昌志、寳田《ほうだ》隆司、篠崎祐太郎、谷将晴が体験入部に来ていました。

このときは緊張していたので、あまり話すことができませんでしたが、坪内先生や奥井コーチ、先輩方と体験入部に来た一年生の自己紹介があったので、このときに私の目が悪いということをみんなに伝え、そして練習がはじまりました。

先輩方から声をかけてもらいながら一緒に練習をしたのですが、途中で一年生だけでタックルマシン相手にタックルをする練習があり、そのときに笹川、篠崎、寶田、谷が声をかけてくれたので、少し緊張がほぐれたのを覚えています。そうして、一日目の体験入部が終わり帰宅しました。

その次の日から体験入部の一週間が終わるまで毎日ラグビー部へ行って練習をしました。

そして、体験入部最終日、一週間ラグビー部で先輩や同級生たちと一緒にラグビーをして改めて感じたことは、自分が中学校でしてきたラグビーよりも、高校のレベルはかなり高いということでした。あれほど日新高校でラグビーをすると張り切っていたのに、体験入部中の練習では、ボールが見えなくてパスが取れずボールを落としたりと、ミスが多かったので本当に自分は日新高校のラグビー部に入部してやっていくことができるのだろうかと最終日を迎え悩んでいました。

そのときにラグビー部のキャプテンだった沼田一馬さんが、

「神谷、一週間体験入部してみてどうやった？　入部して俺らとラグビーしよ」

と、私に声をかけてくれました。私は、

「ラグビーはしたいです。でも、高校のレベルは高いし、僕の目が見えないことでミスをたくさんしてしまって、みなさんの足手まといになると思うんです。なので、今は入部するか悩んでいます」

と、そのときの気持ちを正直に伝えました。すると沼田さんは、

「目が悪いとか、パスが取れなくてミスをしてしまうとかは関係ないから、なんも気にせんと一緒にラグビー頑張ろ」

と、優しい声で言ってくれました。沼田さんのこの言葉を聞いた瞬間、私の迷いは吹き飛んで、この日新高校のラグビー部でがんばっていこうという決心がつき、ラグビー部へ正式に入部することにしたのです。

体験入部が終わりこのとき二期生として入部したのは、笹川、寶田《ほうだ》、篠崎、谷、新井と私、マネージャーで今西、岸根の八名が入部しました。

それからはこのメンバーで練習をしていくことになるのですが、まだこのときは日新高校のラグビー部は一期生、二期生を合わせても一四人しかいなかったので、試合をするときは、ほかの私立高校との合同チームでした。合同チームで練習したときも、やはり目が見えないことが理由でミスをしてしまったりしたのですが、先輩や同期の仲間に助けられながら毎日の練習をしていました。

高校のラグビー部は、中学のときとは練習量や練習内容がかなり違うので、なかなか体が慣れなくて、入部したてのころは家に帰ると、疲れて夕飯を食べながら寝てしまったりしていました。

しばらくすると合同チームで他校と練習試合をすることになり、私は左プロップ⑽として試合に出ることになりました。高校に入って初めての試合だったので、中学校は一二人で試合をしていたのが高校になると一五人で試合をするので、どんな感じの試合になるのかが分からないまま試合に出たのを覚えています。

このとき自分のなかでは、力ではあまり負けることはないだろうからボールを持ったら突っ込んで絶対にトライを取ろうとか、スクラムでも押し負けたりはしないだろうなどと思っていました。だから試合では自分のできることを思う存分やろうと思って試合に出ました。

このときの試合のことはすごく記憶に残っています。試合がはじまり、私は中学の試合のときのように仲間がボールのところへ走っていくのについていきながら試合をしていました。試合の途中でスクラムになったので

---

(10) 支柱という意味で、2番のフッカーとともにスクラムの最前列を構成する。背番号は左プロップが1番で右プロップが3番を着ける。モールの際には体ごと相手を押し込み、相手陣を崩す役目をもち、スピードを犠牲にしてもパワーがあることが要求されるポジション。

すが、私はまず押し負けないだろうと思ってスクラムを組みました。すると、自分では押し負けないだろうと思っていたスクラムで軽々と相手に押されてしまったのです。

このときはファーストスクラムだったので、たまたま押し負けたのかなと思い、そのあと何回かあったスクラムのときに絶対に押し勝とうと必死にスクラムを組みました。しかし、ことごとく押し負けてしまい、私は思わず悔し涙を流してしまいました。

この試合で身をもって高校ラグビーのレベルを知り、悔しい思いをした私は、スクラムで絶対押し負けないプロップになろうと目標を立てました。
四、五月が過ぎ六名だった二期生に二名のラグビー経験者が入部することになったのです。その二人というのが吉見翔馬、柳原卓哉の両名です。
こうしてこのあと三年間一緒にラグビーをして行くことになる吉見翔真（吉見）、笹川昌志（まさし）、柳原卓哉（やなぎ）、新井将平（新井）、寶田隆司（りゅうじ）、篠崎祐太郎（しの）、谷将晴（谷）、今西唯（今西）、岸根真弓（岸根）、神谷考柄（神谷）の二期生一〇名が揃ったのです（以降、二期生は（ ）内の呼び方で本文に書いていきます）。

そして一期生の沼田さん、李さん、山領さん、山中さん、後田さん、岡本さん、草野さん、吉川さんの八名と合わせて一八名となり、私たちは単独チームの日新高校として坪内監督、奥井コーチ、鶴井先生という体制で、二〇〇五年に創部してから掲げている「夢みるちから」というスローガンのもと、新たなスタートをきったのです。

そして、チームの年間目標である「大阪ベスト４」を達成するために日々練習をして

２期生の仲間たち
（右から４人目が著者）

いました。

そのチーム目標を常に頭に置きながら、私は初めての試合のあとで立てた目標である「誰にも負けないスクラム」を達成するため、ウエイトトレーニングをしたり、フォワード・バックスで分かれて練習するときに先輩や奥井コーチに教えてもらいながら少しずつ自分が一番強いと思えるスクラムの姿勢を練習していきました。

練習のときはともかく、試合になるとチームの役に立てていないと感じた私は、このままでいいのだろうかと悩んだりしたのですが、あるとき奥井コーチが私に試合中での役割を与えてくれました。それは、ス

練習試合でのモール

クラム、モールの核（モールの中心）になる、というものでした。

私は、この役割を任されたとき、「中学までは自分が伸ばしたいところを練習していたけど、高校ではチームとしてみんなにそれぞれ役割があって、それがつながってトライを取るんだ」と思い至り、今まで自分がもっていたラグビーに対する考え方が変わりました。自分ができないことをできないと言って悔しがるのではなく、チームのなかで与えられた役割をきちんとできるようにしていくことが、今の自分が日新高校ですべきことなのだと考えるようになりました。

その日からスクラム、モールの練習のときには、チームのためになるにはどうしたらいいか、自分が核になったときにはどういう姿勢がいいのかなどをいろいろ試しながら練習をしていきました。

日ごろの練習試合や長野県の菅平で行った夏合宿での他府県のたくさんの学校と練習試合をしていくなかで、私は自分に合ったモールやスクラムの組み方を試行錯誤しながら、高校で初めて出た試合のときのように、箇単にスクラムで押し負けてしまわないよう練習を続けていました。そして、いよいよ全国大会の大阪府予選がはじまったのです。

日新高校はシード権がないので一回戦からのスタートでした。部の目標としていた「大阪ベスト４」を達成するために大会までの期間、猛練習をして試合に挑みました。

この試合中、何度かスクラムとモールの場面があったのですが、最初の試合と比べればましにはなりましたが、相手とイーブンでは自分のなかで納得がいかず、力不足を実感させられました。

この試合、チームとしての結果は、一回戦敗退で終わってしまいました。

菅平での練習風景（右端が著者）

三年生まで揃っている学校であれば、負けたらそこで三年生は引退ということになるけれど、日新高校は二年生と一年生しかいないため三年生の引退ということはなく、次の年も同じメンバーでラグビーをすることができます。

しかし、次の年があるから負けても悔しくないということはもちろんなくて、試合のあとは、チーム全員が悔し涙を流しました。

試合が終わり坪内先生のところに集合したとき、

「試合お疲れさん。負けて悔しいやろ」

「でもな、お前らは来年もメンバーが変わらんままやから、それは強みやねん」

「だからこの悔しさを忘れずにまた一から練習して来年は目標達成しよ」

と言われました。坪内先生からこう言われたときに私は、坪内先生の優しさも感じたし、メンバーの変更がなく来年の大会へ挑戦できるので、改めてこのチームでラグビーをすることができてよかったと思い、もっと自分ができることを伸ばしてチームの力になろうと思いました。

翌日から来年の大会でベスト4に入るための練習がはじまりました。

私自身は、試合や練習を通してスクラムの強さとモールをコントロールする力が必要だと感じていたので自分なりに試行錯誤を重ね、何とかトライにつながるようなモールを組みたいと考えていました。そして試合のときは、スクラムハーフのやなぎとコミュニケーションを取りながらモールをコントロールしていました。

コミュニケーションを取るといえば、私は目が見えないので、スクラムやモールのときだけでなくディフェンスをしたり、地面にあるボールを拾って突っ込んだりするときなど、いつもやなぎや近くにいるチームの仲間たちが声を出してフォローをしてくれました。

試合だけでなく学校生活を送っているときも仲間たちにはいろいろ助けてもらいました。そして、高校に入学する前と比べると、二期生のみんなも先輩方も坪内先生、奥井コーチ、鶴井先生たちも私のことを特別扱いはせず、周りのみんなと同じようにみてくれたので、日新高校ラグビー部という場所がとても居心地のよいところだと感じていました。それに二期生はみんながとても仲がよく、練習以外でも、休みの日などいつも集まって遊んだりしていたので、私にとってはとても心地のよい環境でした。

2 ベスト4進出

春が来て、私は二年生になりました。三期生となる新入部員が入部してきて新しい日新高校のラグビー部がスタートしました。新学期がはじまるとすぐに、秋に開催される全国大会の予選につながっていく春の大阪府大会がやってきます。

大阪府大会で「ベスト4」という目標を実現するために、なんとしても春の大会でシード権を取りたいと考えていました。シード権がないと秋の大会では一回戦からとなり、二回戦で府内の強豪との対戦することになってしまうので、日新高校としては、春の大会でシード権決定戦にどうしても出場したかったのです。そのために日々猛練習を繰り返していました。

一年生が入部し部員数が増えたことで、私たちの練習もさらに活気が出て、チーム自体も徐々に力が付いてきて、東大阪市の公立高校だけが参加する大会で優勝することができたり、今まで負けていた学校にも勝てるようになって、自分たちでもチームが強くなっていることを実感はしていたのですが、そのことを口に出す部員は誰もいませんでした。たぶんチーム全員がまだまだ上にいくんだという気持ちでいたからだと思います。

そして、春の大会がはじまり、私の役割であるモールなどでトライを取るという攻撃パターンが日新高校の攻撃の柱の一つになったのです。

春の大会でのシード権決定戦で勝ち進み、いよいよこの試合に勝てばシード権獲得というところまできました。

その試合の相手チームは、私たちより少し強いと思われる同志社香里高校でしたが、われわれは何がなんでもこの試合を勝つんだという気迫に満ち溢れていました。試合には一期生と二期生中心のメンバーで望みました。一緒にグランドで試合をしているといつも以上にみんなの気迫がすごくて、それがプレーでもいい方向に働いていました。試合中にいつもと違うチームで試合をしているような感じがするくらいでした。

試合はお互い譲らずほぼ互角の展開でした。強い雨が降るなか、わたしたちはがむしゃらにプレーしていました。試合は日新高校がリードしたまま時間が過ぎていき、ついにノーサイドの笛が鳴り、チーム全員で喜びの涙を流しました。

この試合に勝つことができたのは、去年の秋の大会で負けたとき、みんなが悔しい思いをしたからということもありますが、やはり坪内先生、奥井コーチの指導のおかげだと思っています。厳しい練習でつらいこともありましたが、みんなが勝ちたいという気持ちで坪内先生、奥井コーチについてきたから勝てたのだと思います。

この勝利のおかげで、私たち日新高校は、秋の大阪府予選のシード権を手に入れることができたのです。

シード権を獲得したといっても部の目標である大阪府大会での「ベスト4」にならなければ意味がないので、すぐに気持ちを切り替えて秋の大会へ向けて練習をはじめました。このときの私たちは、一人一人の気持ちがしっかりと目標に向かっていて、チームの絆が堅いものとなっていたように感じました。

春が過ぎ、長野県の菅平での夏合宿の季節が近づいてきました。

私たちのチームはラグビーのチームとしては体格があまり大きいほうではなかったので、ディフェンスを基礎から完璧にし、菅平での練習試合では無失点で全試合勝利という目標を立てていました。部の目標とは別に、私自身の個人目標としていたスクラムとモールを強くするという課題は、このころにはだいたい自分のイメージ通りになっていました。

厳しかった菅平での夏合宿が終わり、秋の全国大会の予選へ向けて気合いを入れ直した日々の練習はさらに厳しいものとなりました。でも、目標を達成するためならどんなことでもやる、という気持ちをもったメンバーばかりだったので誰一人として泣きごとや文句を言わず一生懸命練習に取り組んでいました。

毎日の厳しい練習をこなしていくなかで、私は一度試合で自分がつくるモールがうまくいかず悩んだことがありました。

そのとき奥井コーチに、

「神谷、モールのトライはフォワードのトライ、フォワードのトライはお前のトライでもあんねん」

「だからお前はモールの中心としてコントロールしながら、絶対トライを取れるモールをつくり」

と言われ、モールのことで悩んでいた私は奥井コーチのこの言葉で、気持ちがすごく楽になりました。

そして、今よりさらにいいモールをつくるためにはどうしたらよいか考えたとき、自分はほかの人より目が見えない分、体の感覚が優れていると気づきました。モールは私を中心にしてフォワード全員が固まって押すので、それをコントロールするために、相手のディフェンスが押し返してきているときの力の強弱を感じ取り、それをやなぎに伝えコントロールすることにしたのです。

しかし、モールをうまくコントロールができるようになっても、その前にまずボールを持って相手に当たったあと、モールをつくれなければ何の意味もないので、私が相手に当たり負けず、味方フォワードの力を私の体に一点集中をさせるベストな方法を考えつきました。そして、それをいろいろな試合や練習で試したのですが、やっとこれがベストというモールの組み方に辿り着いたのです。

そして迎えた秋の全国大会の大阪府予選。私たちは春の大会でシード権を獲得していたので二回戦からのスタートでした。日新高校の初戦にあたる二回戦では、関西大倉高校戦を九五対〇で勝利し、無事、三回戦に駒を進めることができました。

三回戦までは一か月ほど時間があったので、私たちは今までやってきたことを確認しながら三回戦へ向けて準備をしました。

次の試合で負けてしまうと一期生は部を引退、そして「ベスト4」という目標を叶えられずに終わってしまう、という状況だったので三回戦は絶対に負けられないという思いで私は練習していました。みんなも同じ気持ちだったようでチーム全体のモチベーションは最高潮に達していました。

そして一か月が経ち、迎えた三回戦の富田林高校戦を七七対〇で勝利することができ、私たち日新高校はついに準決勝へと駒を進めることができたのです。それは創部以来目標としていた大阪府大会での「ベスト4」が実現した瞬間でした。チーム全員が目標を達成できたことに歓喜しつつ、ここまで来たなら準決勝も勝利する、という気持ちでチームは一つになっていました。

二回戦から三回戦までは一か月ありましたが、三回戦から準決勝まではそれほど時間がありませんでした。そして、準決勝の相手というのが、なんと花園ラグビー場で行われる全国大会で何回も優勝している大阪工大高校（通称大工大・現常翔学園高校）でした。私たちが大工大相手に勝利するためには、短期間ですべてのプレーをレベルアップしていかないといけないと思い、自分たちにできることは何かということを一つ一つ考えながら準備をしていきました。

そしてとうとう準決勝の日がやってきました。

試合前のアップの時から私たちはものすごく集中していました。誰もがこの試合に絶対勝利し、決勝の舞台でラグビーをするんだという強い気持ちと最高のテンションでキックオフを迎えることができました。

試合前、フォワードとバックスに分かれ、フォワードは奥井コーチのもとへ、バックスは坪内先生のもとに集まりました。

そのとき、奥井コーチが、

「二期生、三期生、頼む。一期生に決勝、あともう一試合させてあげてくれ、お前らやったらいける」

「がんばっていってこい」

と声を震わしながら言いました。その言葉を聞いたとき、一期生とは一年生のころから、つらいときも楽しいときも一緒ラグビーをして過ごしてきたことを思い出し、何がなんでも勝ちたいと思いました。

最後に全員で坪内先生のところへ集合すると、

「お前らの骨は俺が拾ったる」

「だから死ぬ気で暴れてこい」

と先生が檄を飛ばしました。

その言葉が私たちの気持ちをさらに盛り上げ、選手だけで円陣を組んだときに

準決勝の対大阪工大高校戦
（背番号1が筆者）

は、あまりに気持ちが高ぶって涙を流している者もいました。そしてチームは心を一つにしてグランドへ向かいました。

キックオフの笛が鳴り、試合がはじまりました。

私たちは大きい体で突っ込んでくる大工大の選手相手に低いタックルで応戦しながら、攻撃ではモールでトライを奪ったりして、一進一退の攻防で前半を終えました。前半は一四対一七と大工大がリードをして折り返したのですが、前半を戦った手応えから、このままいけば勝てるチャンスは十分にある、と全員が思っていたので集中力を切らさずに後半に入りました。

しかし後半に入ると、さすがに花園で何回も優勝している大工大は、私たちのディフェンスを突破して得点を重ねていきました。後半で点差が開いてしまいましたが、私たちも大工大から一本トライを取り返しました。そしてノーサイドの笛が吹かれ、日新高校は二一対五〇で敗れたのです。

ノーサイドの瞬間は悔しくて涙を流すものやグランドに崩れ落ちる選手

もいましたが、時間が経って気持ちが落ち着いてくると、自分たちの力をすべて出し切ったという満足感からか、自然とみんなが笑顔になっていました。

このとき私は、確かに今日の試合には負けてしまったけれど、去年の大会で一回戦負けだったチームが、一年で大阪府大会ベスト4まで勝ち進み、しかも強豪の大工大からトライを取れるようなチームになったということは、チームとしてすごく成長したんだと思っていました。

そして日新高校のラグビー部がここまで成長できたのは、坪内先生、奥井コーチの厳しい指導や、保護者や周りの人たちの支えが大きかったのだと思いました。

全国大会の大阪府予選が終わり、入部してからずっとお世話になった一期生のみなさんが引退してしまい、私たち二期生が次は最上級生として日新高校ラグビー部を引っ張って行くことになったのです。でもこのときは一期生が引退していなくなるという実感がまだなく、あとからだんだん寂しくなっていきました。

2　決勝進出を目指して

いよいよ私たち二期生が最上級生となった日新高校ラグビー部は、新体制となりました。

最初の日に、ミーティングが行われ今年度の年間目標を決めることになりました。「大阪府大会ベスト４」という目標は一期生の目標でしたし、それは達成されたので、私たちは新しい目標を「決勝進出」としました。

その日から、「決勝進出」という年間目標の達成へ向けて練習を開始しました。

春の大会で、昨年に続き秋の大会のシード権を獲得したいと考えていたので、大会へ向けて練習試合の回数を増やしていきました。試合をしていると、やはり一期生がいなくなった穴は大きいなと感じましたが、春の大会がすぐそこまで近づいてきているので、そんなことを言っている余裕はありませんでした。一期生が抜けたチームを私たち二期生全員で引っ張っていかなければなりません。そして、吉見新キャプテンを中心として三期生、四期生も心を一つにして目標へと向かっていきました。

しかし、一年生のときからモールの核としてやってきた私は、日々の練習や試合をしていくなかで昨年までのモールと比べて、今年のチームのモールが弱いように感じていました。モールはチームの攻撃の柱の一つだったので、春の大会へ向け、今年のメンバーでどうしたら去年以上のモールをつくれるか悩みました。

私たちは、強豪校の選手たちと比べると、全体的に体が小さいので、去年までのモールの組み方ではきっとうまくいかないと思い、練習試合をしてくなかでモールの組み方をいろいろと試してみました。そして、いろいろと試しているうちに、自分なりの考えが少しずつまとまってきました。

基本的には核である私に全員の力を集中させ、低い姿勢でモールを組むということなのですが、核である私が体の使い方を変えることで、うまく力が伝わるモールが組めるということに気づいたのです。そして、自分が納得のいくモールで春の大会に挑みました。

前年に続いてこの年も、秋の大会のシード権を獲得することができ、私たちは目標である、秋の大会での決勝進出へ向けて進んでいきました。

しかし、シード権を取ることができたこのころまでは、チームの調子がよかったので、今年の目標を達成できるのではないか思っていたのですが、その後、チームは練習試合で負けることが多くな

春の大会で再び大阪工大高校と対戦
（ボールを持っているのが著者）

り、いつの間にかチーム状態はどん底になっていました。

菅平での夏合宿でもよい結果を残すことができずに、怪我人も増えたりしてチーム状態はよくないままだったのですが、秋口に入ると、徐々にですがチームの状態は上向きになりつつありました。そして、何としても年間目標の「決勝進出」を叶えるために二期生みんながチームを一つにしようとがんばりました。

厳しい練習やつらかった時期を一緒に乗り越えてきた二期生の仲間たちは私から見ても、とても頼もしく感じました。こうして猛練習を重ねて、ついに秋の大

初戦突破
（右から３人目が著者）

阪府大会を迎えました。

春の大会でシード権を獲得していた私たちは、今回も二回戦からのスタートでした。負けたらそこで自分たち二期生は、部を引退することになる最後の大会です。

二回戦は合同チームとの対戦でしたが、三九対七で勝利して、三回戦へ進むことができました。二回戦が終わってから三回戦までは、昨年と同じく一か月くらい時間があったので、練習試合などをして三回戦へ向けて準備をしました。

三回戦の相手は、昨年初めてシード権を獲得した試合と同じ、同志社香里高校でした。私たちは絶対に負けられないと

準決勝の大阪桐蔭高校戦、
試合前の円陣

意気込み、練習にも自然と熱が入りチームは一つにまとまっていきました。こうして迎えた三回戦では、同志社香里高校に五五対五で勝利し、昨年に続いて準決勝へと駒を進めることができました。

しかし、私たちの目標は準決勝進出ではなく、あくまでも決勝進出なので、ここでは満足はせず、決勝へ進むために準決勝までの短い期間で修正点などを確認して、準決勝へ望みました。

迎えた準決勝の相手は、強豪の大阪桐蔭高校でした。

アップのときからチーム全員の気持ちが一つになっていて、相手が強豪校であ

準決勝の対大阪桐蔭高校戦でのモール
（手前チームの顔が見えているのが著者）

ろうと自分たちがこの試合に勝利し、絶対に決勝に行くんだという気迫に満ちていました。スタンドには一期生の先輩たちも応援に来てくれていて、チームは最高のテンションで試合に挑みました。

前半は大阪桐蔭高校に攻められっぱなしの展開でした。私たちは懸命にタックルをして防戦しましたが、前半を〇対一五とリードされて折り返すことになりました。しかし、リードされていても誰一人として諦めている選手はいなくて、全員が後半で得点を取り返し試合に勝利するんだという気持ちでハーフタイムに話し合いました。

準決勝の対大阪桐蔭高校戦で攻める日新高校
（ボールを持っているのが筆者）

一五点差ということは、3トライすれば同点に追いつけるので、私たちはまだ十分に勝てると考えていました。私自身も三年間自分が核となってやってきたモールでトライは奪えると思っていました。

後半がはじまって、リードされている私たちは果敢に攻めていってのですが、大阪桐蔭高校のタックルに阻まれ、なかなかトライが奪えませんでした。

そして後半の途中で今でも忘れられない出来事が起きました。

それは私がボールのある密集に二メートルくらいの距離から突っ込んだときでした。レフリーがペナルティの笛を吹き、私のプレーが危険行為とみなされ七分間のシンビン（一時退場）を言い渡されたのです。

ルール上、密集にボールがあるときは突っ込んでも大丈夫なのですが、私が突っ込んだときはボールが密集から出た直後だったので、私のプレーはボールのない密集に突っ込んだ危険なプレーと判断されたのです。

このときは何が起こったのかが分からないままグランドから出て、七分間、グランドの外から闘っている仲間たちを見ていました。ラグビーを六年間やってきたなかで初めて経験する退場は、本当に悔しくて言葉も出ませんでした。そして、一緒に闘ってきた仲間に対して申し訳ない気持ちでいっぱいでした。

グランドの外からだと私の目では試合状況がはっきりとは見えませんでしたが、ぼんやりと見えるなかで印象に残ったことは、私が抜けた日新高校のスクラムが相手にかなり押し込まれていたことでした。

そのときは、「試合中は、目が見えないことで足を引っ張ってしまうこともあるけど、俺がいたら、あそこまでぐちゃぐちゃなスクラムにはならんし、もっとスクラムを安定させることができるのに」とイライラしながら七分間が過ぎるのを待っていました。

そして、ようやく七分間が過ぎ私はグランドに戻りました。

すでにこの時点で、かなりの点差が開いていたのですが、チームの全員はまだ諦めていませんでした。

みんなで、

「よし、ここから巻き返そう」

「最後まで諦めずにトライを取りに行こう」

と声をかけ合い、気持ちを引き締め直しました。

そこからは日新高校が攻める場面もあったのですが、結局トライには結びつかず、ノーサイドの笛が吹かれ、私たちは〇対四四で負けてしまいました。

ノーサイドの瞬間、チーム全員が悔しくて涙を流したりグランドに崩れ落ちたりしました。私自身も、危険行為

大阪桐蔭高校戦のノーサイド直後
（写真中心、ヘッドキャップをかぶっていないのが著者）

で退場になってチームの雰囲気を壊してしまったことと、モールでトライを取れなかったので、チームのみんなへ申し訳ないという気持ちで涙が止まりませんでした。

試合が終わり、制服に着替えると、ノーサイドから時間が経って気分転換ができたからか、二期生の顔にも笑顔が出ていたのですが、私はそのときはまだ笑うことができませんでした。

すると二期生のみんなが笑いながら、

「なんでお前退場になったん？」

「そんなもんボール出てたとか言うけど、神谷は目が見えへんねんからしゃーないやんなあ」

と声をかけてくれたので、ものすごく心が楽になり、やっと笑うことができたのです。

このときの仲間たちの言葉が本当に私の心を楽にしてくれて、日新高校でラグビーをすることができ、この仲間たちに出会えて本当によかったと改めて感じました。

それでもやっぱり、年間目標であった「決勝進出」を果たせなかったので、二期生全員が悔しいという気持ちでした。

こうして私たち二期生の日新高校ラグビー部での生活はこの日をもって終了したのです。

日新高校で二期生としてラグビーをした三年間のことを思い返してみると本当にいろいろなことがありました。

日新高校ラグビー部へ入部し、吉見、やなぎ、まさし、新井、しの、りゅうじ、谷、今西、岸根ら二期生たちと出会い、一期生とともにそれまでの合同チームから単独チームとなって、「夢みるちから」というチームスローガンのもと、夢や目標を叶えるためにスタートしました。

しかし、一年生のときの全国大会の大阪府予選では一回戦で敗退してしまい、それをきっかけに、「大阪ベスト4」という部の目標を掲げ、目標達成のためにチーム一丸となって厳しい練習にも耐え、次の年の春の大会で秋の大会のシード権を獲得することができました。どんなに悔しい思いをしても、その悔しさをバネにして努力をすれば少しずつでも目標へ近づいていけるし、どんな夢でも一生懸命に努力すれば叶うということを教えてもらいました。

目が見えなくてチームに貢献するプレーができないと思っていた私に、モールの核になるという役割を与えてもらったことで、ラグビーを続けられたのだと思っています。モールは私がラグビーをしていくうえで生きがいのようなものであったので、モールを強くするために奥井コーチや仲間から力を借りながら、自分で納得のできるモールができたことには満足しています。

いろいろと悩んだこともたくさんありましたが、先生方や仲間、周りの人の支えがあったおかげで、日新高校でラグビーをすることができました。

高校生活の間にはつらい出来事もありました。

私は二年生になって後輩もでき、張り切ってラグビーに取り組んでいました。

すると、私の目が悪くなったときから通っていた、マッサージ師の岩崎先生が体調を崩されて入院したと聞いたのです。

私はすぐにお見舞いに行ったのですが、ベッドで寝ている岩崎先生は体がやせ細り、言葉もうまく話すことができない状態でした。

病院から帰る途中、

「あんなに元気やった先生がなんでこんなことになったんやろ」

「たくさんの人たちを助けてきた先生が入院してしまったら、先生に助けてもらうのを待っている人たちはどうなるんやろう」

「でも、あの先生なら絶対に病気を治して戻ってきてくれる」

と、心の中でいろいろな思いが渦巻いていました。

しかし、このあと私が、生きている岩崎先生にお会いすることはありませんでした。

平成一九（二〇〇七）年五月二三日、岩崎先生は肺がんで亡くなりました。先生の訃報が届いたとき、にわかには信じられず、先生に二度と会うことができないという実感がないまま、お線香を上げに行きました。

その次の日からは、ラグビーの練習をしていても集中できず、岩崎先生のことばかり考えていました。

何日間かは、

「なんであの人が死んだんや」

「まだ、俺、岩崎先生に今までもらった恩を返せてないのに、もう返すことができひんやん」

と、涙を流してばかりいました。

でも数日が経ち、

「いつまでも悔やんだり、悲しんでばかりはもうやめよう。岩崎先生に怒られてしまう」

「自分も次に進まないといけない」

と、考えるようになりました。

そしてそのとき、一つ心に決めたことがありました。それは、岩崎先生と同じ道に進み、岩崎先生が助けてきた人よりもたくさんの人たちを助けられるマッサージ師になる、ということでした。先生と同じ道で生きていくことが岩崎先生からいただいた恩を返す一番の方法だと考えました。

先生と同じマッサージ師になると決めた私は、先生の家へ行き、仏壇に手を合わせ、

「僕は先生と同じ道に進み、先生が救ってきた人たちよりもたくさんの人たちを助けれるマッサージ師になるために、マッサージ師の学校へ行きます」

と、自分が決めた将来についての報告をしました。

岩崎先生の存在は私の人生において大きなものでした。

岩崎先生を見ていて感じたことは、自分の人生は自分がやりたいことを

して生きていくことが大切だということでした。でもそうやって生きていくには何事にも本気で取り組み、つらいことがあっても最後まで決して諦めずにやり抜かなければいけないということを学ばせてもらいました。

このようなつらい出来事もありながら、ラグビーを続けていました。最後の試合では悔しい思いもしましたが、日新高校ラグビー部では三年間、公式戦の全試合に出場をすることができたのです。

私たちが引退するときに奥井コーチが言ってくださった言葉は今でも心に残っています。奥井コーチは、私たち二期生に向けて、

「恩は恩で返す人間になりなさい」

「恩を仇《あだ》で返すような人間になるな」

と、言われました。

そのとき、本当にその通りだなと思い、この言葉が心に響いたのを覚えています。

この本を書くにあたって、改めて、坪内先生、奥井コーチ、鶴井先生、そして二期生のみんなにメールで質問をして、私のことを聞いてみました。みなさんお忙しいなか、心よく質問に答えてくださいました。まず、先生方には以下の四つの質問をさせていただきました。

①私が入学して、目のことを聞いたときの印象
②私が日新高校ラグビー部に入部すると聞いたときの印象
③入部してからの印象（練習や試合などについて）
④卒業し、大学へ進むと言ったときの印象

そして、お世話になった三人の先生からこのような返事をいただきました。

坪内先生

①「ほとんど目が見えないなか、ラグビーをしている少年」
　はじめは、信じられませんでした。パスはどうやって取るのか、タックルに行くのも危険すぎる。ラグビーをすることは不可能だろう。でも、まじめで明るく、友達もたくさんいて元気に学校生活を送っている姿を見て、ラグビーの戦力としてではなく、彼のような存在はかならずどんな形であれ、創部間もない日新高校ラグビー部に大きな影響を与えてくれるだろうと考えていました。

②　神谷とは高校入学前からの付き合いになります。中学三年生の二学期から中学校のラグビー部の顧問の先生から「視力がほとんどない。でも、日新高校でラグビーをすることを考えている」と、ずっと相談を受けていました。私自身は、「一人でも部員が欲しい」という思いから、初めは軽い気持ちで、「ぜひ受験してください」と話していました。
　でもいざ受験するとなると、入試の際の配慮はどうするのか、合格し

た場合の学校生活が送れるかどうか、そもそも通学できるかなどの諸問題が浮上し、ラグビー部に入部するかどうかは合格してからの話になっていました。ラグビーをするにしても神谷の中学時代のプレーを少し見ていた自分は、あまり期待もせず、試合に出たりすることは到底できないだろうと考えていました。それどころか練習もほとんど一緒にできないのではないかとも考えていました。

③「ちょっと外れとき」ということが多かったと思います。

「あれもこれも、ちょっと危ないからな」そんな感じで様子を見ていました。ただ走ることや筋力などの身体能力は高いものをもっており、それ以上に反射神経が人並はずれた、ずば抜けたものをもっていることを発見しました。八五キロを超える体格もあり、「ひょっとしてフォワードの一列目なら使える選手になるかも」と考え、初めは気を遣ってみておりましたが一か月もすると、できることとできないことをはっきりと分けて、そのほかは何の特別扱いもなく指導をしていました。

④　目的が明確だったので、何の心配もしていませんでした。これも神谷のがんばりがあってこそだ、とは思いますが、周りの先生方のサポートは本当に分厚く、先輩や級友にも恵まれました。彼の人徳だと思います。
自分に降りかかる試練や壁でさえ感謝を忘れず、前向きにぶつかっていく神谷なら、この先何があっても露頭に迷うことはないと確信していました。

奥井コーチ

①②　回答同じ

入学する前に知っていたけど、神谷が入学するまで八人で練習していたので、一人でも多く部員が入って欲しかったから、特に何も思っていなかった。一人の部員として喜んでいた。

③　はじめは特別扱いしていたけど、ほかの同級生が神谷に対して普通に接していたので、同じようにコーチとして接しようとしているうちに、

キャッチングの悪い選手や足の遅い選手と同じように、少し目が悪い選手として普通に接していた。コーチとしては特別扱いもしなかった。

④ うれしかった。大学へ進学し鍼灸の道へ進むと聞いたときは、将来のことをしっかり見据えて日新高校を卒業してくれることが本当にうれしかったよ。もしできるならラグビーもして欲しかったけどね。

鶴井先生

① 受験の時点で強度の弱視の生徒がいることは知っていましたが、中学校も地元の公立校で普通に過ごしていたと聞いていましたし、二つ上の学年にも弱視の生徒の川村くんが在籍していましたので、何とかなるんじゃないかと楽観的に思っていました。

ただ、その先輩生徒よりはるかに弱視の度合いがきついことを後から知り、三年で卒業していけるのかちょっと不安になりました。

② 新入部員たちが練習に参加しはじめるころ、練習の勝手が分からない

のか、ぎこちない動きの子が目につきました。一期生の沼田くん（当時キャプテン）が、ほぼつきっきりで手取り足取り教えているのを、「なんか要領の悪い初心者が入ってきたな」と思って見ていました。それが弱視の子だとは知りませんでしたし、中学校でラグビー経験者だと後で聞いて驚きました。

ほとんど見えてない状況でラグビーなんてできるのだろうか、と半信半疑で見ていました。半信半疑でしたが、フォワードをすると聞き、フォワード担当の奥井コーチなら何とかモノにしてくれるんじゃないかと、楽観的にも見ていました。

③　練習に慣れるにつれ、ぎこちなさは消えていきました。すぐに試合にも出はじめて、試合中は目のハンディを感じさせない動きで、弱視であることを忘れて見ていました。一年目の菅平合宿、霧の中の宮古高校戦でキックされたボールが霧に吸い込まれ、みんなが見失っているなか、ただ一人普通にボールを追いかけている神谷に感動しました。感覚を研

ぎ澄ませればボールを感じることができるのだと、神谷に教わりました。

④ 卒業、進学に関しては、担任が永原先生だったことが大きかったと思います。生徒の親身になってご指導され、かつユーモアにあふれ、僕にとって師匠のような先生です。

国語の担当で、大学入試でも特にお世話になったはずです。無事に三年で卒業でき、国立大学にも合格できて、本当によかったです。

思えば、いい人たちに巡り合ってきていますね。誰か一人でもかけていたら、今の君はなかったでしょう。そういう意味では、君は「巡り合いの達人」です。

先生方からの返事を読んでいて私が感じたのは、どの先生方も私のことを特別扱いもせず、ほかの部員と同じように接していてくれていたのだということでした。

入部したてのころは、先生方にもとまどいがあったとは思いますが、こんな私でも諦めることなく、一人の選手としてだけでなく、一人の人間として私をみんなと同じように扱ってくださったことが何よりもうれしかったし、感謝の気持ちでいっぱいでした。

日新高校で先生方からいろいろ助けていただいたおかげで、ラグビーをすることができたのだと感じています。本当にありがとうございました。

先生方の次は、一年生のときからどんなに苦しいときも、一緒に乗り越えてきた二期生のみんなにこういう質問をしてみました。

①初めて私と会ったときに目が悪いと知ったときの印象
②一緒にラグビーの練習、試合をしていたときに思ったこと
③三年間を過ごしたあとの私の印象

すると二期生たちからはこんな返事が届きました。

吉見翔馬

① 正直、ほんまに大丈夫なんかなって思った。

② 印象っていうか、練習とか試合をしている時、神谷が目が悪いことを忘れてた。それくらい神谷がなんでもこなしていた。だから、ほかの部員と違う印象っていうのは特になかった。

③ 今考えたらスポーツをするってだけでもすごいのにラグビーを選ぶところが神谷のすごいところ。リスクを承知でコンタクトスポーツをやり遂げる強い気持ち、俺らよりも悩むことも絶対多かったはずやのに、いつも元気に明るく接してたよな。

柳原卓哉

① 正直、何も思わなかったし、特に気にもしていなかったから、「そー

なんや」ぐらいにしか思わなかった。

② そのときは、ほかのメンバーと変わらずメンバーの中の一人で、みんながんばってるその中の一人と思った。今、思えばすごいことしてたんやなって感じる。

③ 引退をしてから周りの話とか本音を聞いて、めっちゃすごいことしてたんやなって思ったし、周りに目が悪いやつおったんやろ？ と言われて気づいた。それまでは、神谷がおることが普通やったし、当たり前やったから。それは多少は試合中とか練習中に動きの指示とかは考えたことあるけど。

笹川昌志

① 中学の時から中島先生に目が悪い子がおるからよろしくなって言われてたから、なんとなく知ってたけど、ほんまによく中学の時やってたなって思った。

②　普通に近場のパスは取れたし、ボールのあるところを追っかけてたから、ほんまに目が悪いんかなって思った。
③　怪我はあったやろうけど、一回も試合休まずにフル出場で鉄人やと思った。

谷将晴

①　そこまで目が悪いとは思わんかったからあまり気にならなかった。
②　同じフィールドに立ったからには特別扱いはせず、神谷ができることを伸ばして欲しいと思った。
③　神谷は大阪に居らんからなかなか会える機会がないけど、いつ会っても学生時代と変わらずいじられキャラ。

新井将平

①　目のことを聞いたときは衝撃的やった。

② 想像以上に普通にみんなと一緒のようにできてて、すごいと思った。

③ 三年間過ごして、明るくて前向きでよく笑う子だと思った。そんな神谷を尊敬してます。

寶田《ほうだ》隆司

① 初めての経験で、正直びっくりした。

② 最高の仲間と楽しくすごしたラグビー生活だった。

③ お前だけは本当にすごい人間やなと思ったし、もし自分が神谷と同じ状況やったらラグビーなんて絶対に続けられてないと思う。

篠崎祐太郎

① 中島先生から神谷と会う前から聞いてたけど、実際に会ったらほんまにラグビーできるんかなー？　と疑問に思った。

② やっぱり練習や試合では神谷にはできないプレーもあったけど、その

分それ以外のプレーでは人一倍頑張っていたので、特に気にすることもなく、逆にそういうプレーを見るたびに僕も頑張ろうってなるので、とても良い刺激になった。

③ 三年間過ごしたあとでも特に神谷は特別とかはなく、同期の八人、仲のよい友達という印象で、神谷と一緒にラグビーができて楽しかったです。

二期生たちからのこのメールを見て感じたことは、先生達と同じようにみんな最初はとまどいがあったにもかかわらず、全員が練習や試合で特別扱いをせず、ほかの部員と平等に見ていてくれたんだなあということでした。

このメンバーはラグビーをするときだけでなく、休日も一緒に遊んだりしていました。高校を卒業した今でもつながっている友人たちです。

本当にこの仲間がいたからこそどんなことも苦労も乗り越えてこれたの

だと思います。この仲間たちにどれだけ自分が助けられ、力になってもらっていたのかと考えると感謝をしてもしきれません。本当に私を何の特別扱いもせず、困っているときは何も言わずに手を差し伸べてくれ、支え続けてくれました。みんな、ありがとう。

この二期生の仲間たちはすごいと思うし、私の誇りでもあります。

こうしてラグビー部を引退したあとは、学校生活がさみしく感じていましたが、卒業後の進路を決め、新たな道へと進む準備をしなければいけませんでした。

私は、岩崎先生に誓った夢を叶えるために茨城県にある筑波技術大学を受験することにしました。この大学は鍼灸・あん摩・マッサージの勉強ができる、視覚障害者のための大学なのです。

初めてこの大学のことを知ったときは正直、特別支援学校のようなものだと思って受験するのを悩んだのですが、大学の話などを聞いていくうちに、「自分の夢を叶えるには、ここしかない」と思い直しました。

大学のオープンキャンパスなどにも行ったりしたうえで、願書を提出し受験に備えました。

私は推薦入試で受験することになっていたので、受験に必要な面接と小論文について毎日、担任の永原先生から指導を受けながら受験に備えました。

推薦入試の日が訪れ、私は面接と小論文の試験を緊張しながら受験しました。受験を終え大阪に戻ったあとも、不合格だった場合のことを考えて、次の受験の準備をしながら合格発表を待っていました。

数日後、ついに合格発表の日が訪れ、私は担任の先生とともに学校のパソコンで受験番号を探しました。すると私の受験番号が掲載されていて、なんとか大学に合格することができたのです。

このとき二期生のみんなもまるで自分のことのように喜んでくれました。

家に帰って両親に合格したことを伝えたあと、岩崎先生の家へ行き、

「大学に合格することができました」

「この大学へ行って鍼灸師になり、岩崎先生を超え、日本一の鍼灸師になります」

と、仏壇に手を合わせて合格の報告をしました。

こうして私は思い出深い日新高校を卒業し、大学進学のために住み慣れた東大阪市から茨城県のつくば市へと生活の場を移すことになったのです。

大阪を発つ前日の夜、二期生の仲間たちが家まで会いに来てくれました。

つくばへ旅立つ前日に
２期生の仲間からもらった色紙

そのとき、みんなが言ってくれた「がんばれよ」という言葉を胸に、私は新たな夢へ向かって大阪を旅立ちました。

第四章——そして未来へ

大学の寮で初めての一人暮らし
（著者の部屋）

1　新たなチャレンジ

今まで一緒に過ごしてきた仲間たちと別れ、生まれてからこの年まで育ててくれた両親とも離れ、茨城県という見知らぬ土地で新しい生活をしていくことに対して楽しみという気持ちも少しはありましたが、やはりすべてが初めてのことなのでかなり不安は大きいものでした。

最初は入学準備もあったので、両親も一緒につくばまで来てくれました。そして大学の寮へ入ったあと入学式を迎えて、私の大学生生活がはじまりました。

入学式が終わると両親は大阪へ帰ったので、いよいよ一人暮らしがスタ

筑波技術大学

ートしました。入学式のときに友達もできたし、この大学には私が日新高校で一年生だったときの三年生の先輩がいたので不安はすぐになくなったのを覚えています。

何をするにしてもすべてが新鮮で、授業は初めて経験するものばかりでした。当然ですが、一人暮らしの生活は何でも自分一人でしなければならないので、自分が今までどれほど両親に頼ってきたのかを実感することができ、両親に対して感謝の気持ちを改めて感じることができました。

大学でも徐々に先輩などとも交流するようになって、少しずつ大学生活に慣れてきたところに、大学の先生でラグビーのクラブ

入学式の後、正門にて

チームに所属している先生がいて、その先生から紹介していただき、私はそのクラブチームでラグビーをすることにしました。そして同じころ、大学のサークルでブラインドサッカーというスポーツもはじめたのです。

ブラインドサッカーというのは、フィールドの大きさはフットサルコートと同じで、フィールドにゴールキーパーを含めプレーヤーが五人いて、この五人以外にもう一人コーラーという人が相手のゴール裏にいます。

なぜコーラーという人がいるのかというと、このブラインドサッカーは普通の

ブラインドサッカーのチームのみんなと
（前列左から２人目が著者）

フットサルとは違い、キーパー・コーラー以外が目隠しをして、鈴のようなものが入ったボールの音を頼りにプレーするサッカーです。そのためコーラーという人が相手ゴール裏から距離などの指示を出すのです。

私は、初めてブラインドサッカーを見たとき正直なところ、

「なんで目隠しして走ったり、シュートが打てんねん」

「目隠ししてまでサッカーせんでもええやん」

と感じたのですが、実際先輩たちに教えてもらいながら体験してみると、思っ

ブラインドサッカーの試合に出場する

ているよりも難しかったけれど、それ以上におもしろかったので入部することにしました。

このとき入部したチームというのが、大会でも優勝するような強豪チームでした。ブラインドサッカーのサークルに入部したあともしばらくはラグビーを続けていたのですが、ブラインドサッカーの練習をしていると、はじめはできないことがだんだんできるようになっていき、そのできるようになる感じが日新高校でラグビーをしていて、最初できなかったことが徐々にできるようになっていった感覚と同じように感じられ、ブラインド

試合のあい間にチームメイトと
（56番が著者）

サッカーを本気でしたいと思うようになったので、ラグビーを辞めてブラインドサッカー一本でいくことにしました。そして、だんだんとブラインドサッカーにのめり込み、日本代表合宿に参加したりもしました。

そうなると「鍼灸師になる」という夢を叶えるためには勉強をしなければいけないのに、一つのことに夢中になってしまうとほかのことができなくなってしまう私は、あれほど高校時代に努力する大切さを学んだにもかかわらず、大学の勉強をおろそかにしてしまったのです。

このころはテスト前だけちょっと勉強をして、何とかテストを切り抜けるということを繰り返していたのですが、そんな感じで調子に乗ってテングになっていたら、長期の休みで大阪へ帰ったときに両親に怒られたので、これではいけないと反省して、つくばに戻ってからは気を引き締めてがんばろうと思いました。

しかし、つくばに戻ってくるとそういう気持ちも長くは続かず、私は要領よくやって一年生を修了し、二年生になりました。

そして、二年生になっても完全に遊びほうけていた私に、とうとう天罰が下りました。

2　生死をさまよう

六月に体に異変が起きて、病院へ運ばれ入院することになったのです。その原因は体内に入れているシャントチューブの異変でした。

でも、つくばの病院では、私が小さなときからの病状の経過が分からないので、大阪の病院でみてもらったほうが安心だということになり、頭痛などがおさまった次の日に両親と一緒に新幹線で大阪へ帰ったのです。

しかし、大阪に到着した日の夜、ものすごい頭痛や吐き気に襲われ、夜中に病院へ運び込まれました。

その日、最初は検査などをするので一日入院という話だったのですが、次の日に検査をしてみるとシャントチューブのところにものすごい数の菌が巻き付いていることが分かって、そのまま入院することとなったのです。

すぐに手術ということになり、菌がまとわりついているお腹の管を取り出し、胸に穴を開けて、ドレナージという方法で髄液を体外へ出し、薬で体内の菌がなくなるのを待つことになりました。このとき主治医からベッドの上で動かないでじっとしているようにと言い渡されたのです。なぜかというと、もし勝手に起き上がってしまうと頭の中の髄液がすべて体外へ流れてしまい、いのちの危険に関わるからです。

それでもこのとき私は、何週間かすれ

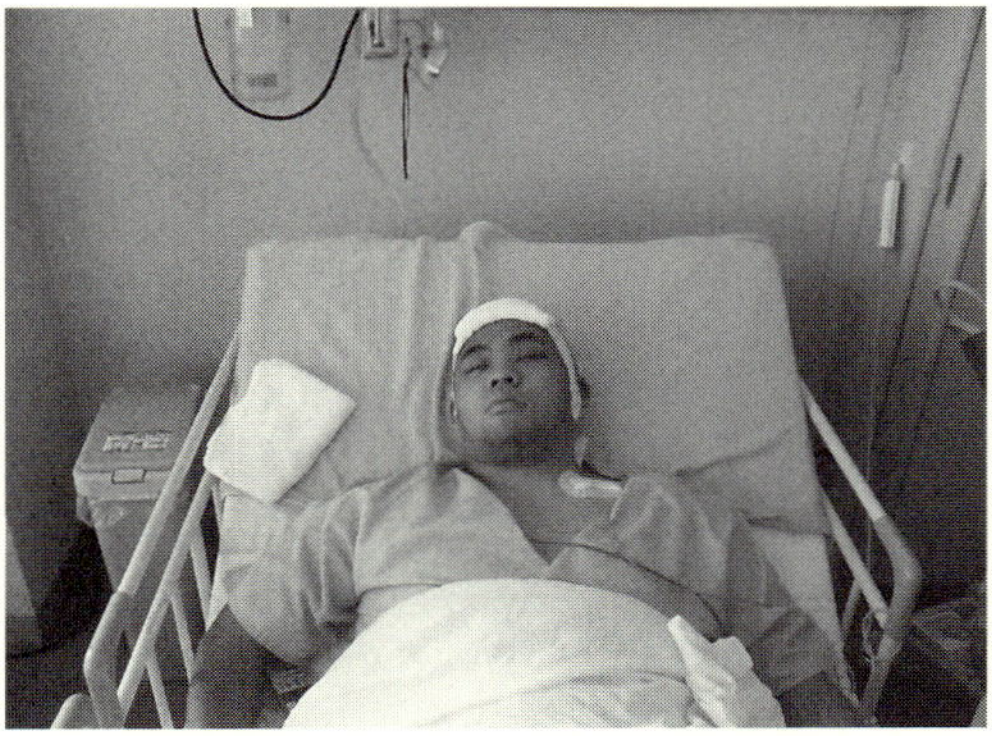

ベッドの上で絶対安静状態

ばすぐ退院して大学へ戻ることができると思っていました。だけど、今回の入院はそんな甘いものではなかったのです。

一回目の手術が終わり、薬などで様子を見ていたのですが、すぐに体調が急変し、二回目の手術が行われることになりました。

前回と違う場所からドレナージをして菌がなくなるのを待ったのですが、菌はなくならず、それどころかどんどん悪化する一方で、ほぼ一週間に一回のペースで手術が行われ、私の体は傷だらけとなりだんだん体力も落ちていきました。

病院のベッドの上で寝たきりの状態でいることはかなり苦痛でしたが、その分いろいろなことを考えることができました。大学に入学してからの怠惰な生活を考えていると自分に嫌気がさして、今まで自分が歩んできた人生を改めて考え直したりしました。ベッドの上でそんなことを考えていると大学での自分が恥ずかしくなり、反省することができたのです。

そんなふうに落ち込んでいるとき、二期生のみんながお見舞いに来てくれて勇気づけられたり、二期生以外にもいろいろな人たちがお見舞いに来てくださって声をかけてくれたので、自分は一人ではないのだと改めて感じて、心強くなったのを覚えています。

しかし、体調が回復しないまま手術は繰り返され、私の体は筋肉が落ち、話す声にも力が入らないくらいまで弱っていました。それでも、体内の菌は徐々に減っているんだと思っていたのですが、実際は菌は減るどころか脳にまで浸透していたのです。

私はこのころ、死を意識するようになっていました。

その日の夜、両親だけ別室に呼び出され、最後の手術の説明を受けたのですが、病室で私は、

「俺の体は、たぶんもうもたないし、死ぬんやろな」

と、自分の死を覚悟し、両親が説明を聞き終わって戻ってくるのを待っていました。

病室で待っている時間はとても長く感じ、今までの楽しかったことやつらかったことが頭の中で走馬灯のように駆けめぐり、

「本当に自分は今まで生きてきて、いろいろな人たちに支えられてきたし、その人たちのおかげでこんなにも恵まれた人生を歩けたんやなあ」

「その人たちにも恩返しをできひんまま死んでしまうと思うと悔しいし、それが一番の後悔や」

などいろいろな思いが溢れてきて、悔しすぎて涙が止まりませんでした。

両親と主治医の先生の話が終わったあと、先生が私に気を遣ってか、

「もうちょっとのしんぼうやで」

「この手術が終わったら元気になって退院しよな」

と声をかけてくれました。でも私は自分の状況を理解できているつもりでした。

手術の前に、毎日かかさずお見舞いにきてくれていた母に話しかけまし

た。

母が涙をこらえた声で、

「なんや？」

と言ったので、私は死を覚悟したうえで、

「おとん、おかん、今までほんまにありがとうな」

「育ててくれてありがとう」

「優作にはごめんなって伝えといて。俺が入院したから、おとんもおかんも俺に付きっきりになって、寂しい思いさせてほんまに悪かったなって伝えといて」

と、泣きながら母に伝えました。

すると母は、

「何言ってんの、あんたは生きるんや」

「絶対に死ぬなんか言ったあかん」

と言いました。

いくら死を覚悟しているとはいっても、やはり死ぬかもしれないと思うと、手術に向かうのはものすごい恐怖感でした。そして時間がきて、私は最後の手術をするために手術室へ入りました。そこから先は麻酔が効いていたので記憶はありません。

主術が終わり私は目を覚ました。

でも、果たしてこれが現実なのかどうか一瞬分からなかったのですが、主治医や両親が、

「無事手術は終わって、成功したよ」

と言ってくれたので、「ああ、生きているんだ」と実感しました。

それから数日が経ち、ようやく退院することができました。結局、二か月間の入院生活は、ベッドの上で寝たきりの安静状態で手術を七回行いました。

先生にはラグビーをしていたせいか、体力があったので乗り越えられたのだと思うと言われました。

退院してから両親に、最後の手術の前に主治医の先生から何と言われたのかと聞いてみたら、

「この手術は脳の手術で、しかもその脳が菌に侵されているため、命が助からない可能性もあり、助かったとしても体のどこかに障害が残ることもあります」

と言われたそうです。

そして両親は、私が手術の前に、この手術で死ぬかもしれないということが分かっているみたいだったので、どうしていいか分からなかったと言いました。しかし、手術後も奇跡的に体のどの部分にも障害が出ることなく生活していくことができました。

何とか命は取り留めたものの、二か月間も入院をしていたため、大学では単位が取れず留年となってしまいました。

このとき、担任の先生やほかの先生方がいろいろと面倒を見てくださったので、留年はしてしまったけれど、もう一度やり直すチャンスだと思い、

気を引き締め直していこうと思いました。

留年した当初はブラインドサッカーもやらずに、勉強に専念しようと考えて学生生活を送っていたのですが、しばらくして、ブラインドサッカーをまたやりはじめたのですが、そのときは勉強と両立できるようにやっていました。

しかし、大学での生活も三年目が終えようとしていたときにまた事件が起きました。

最初の二年生のときに、あれほどの死ぬ思いをして奇跡的に助かったというのに、三年目が終えようとしたときに、また、少し自分に甘えが出て授業をさぼってしまい、そのせいで単位が取れず再び留年という事態になってしまったのです。一回目の留年は病気のためだったので仕方がなかったけれど、二回目の留年は完全に自分の甘えた考えが招いた結果でした。

二回目の留年が決まったときは両親に合わす顔がなく、自分がとても情けなく思えました。

当然、両親にはこれでもかというくらい怒られました。

そのとき両親に頭を下げ、

「本当にすいません」

「お願いします。これが最後のチャンスとしてもう一度がんばらせてください」

と、お願いしました。そして、もう一度チャンスをもらうことができた私は、自分がこの大学に何が目的で何をしに来たのかを改めて考え直しました。

それからは、岩崎先生が亡くなったときに先生に誓ったことを絶対に裏切るわけにはいかないので、勉強をきちんとしたうえで、生活態度も改めていかなくてはいけないと思いました。でも、それは自分で生活が改まったと判断するのではなく、両親や周りの人から努力していると認めてもらえることで初めて生活が改まったと思うようにしました。

私が大学に入学してから無駄にしてきた時間は、並大抵の努力では取り返すことのできないものだと考えているので、今でも、目の前に困難があってもそこから逃げず、ちゃんと人生と向き合おうと考えています。

現在では留年した一年が終わり、無事に三年生へ進級することができ、将来の自分の夢に向って日々勉強に取り組んでいます。

日新高校のラグビー部の先生や二期生の仲間に質問をしたように、両親にも二つの質問をしてみました。

①大学へ進学し、鍼灸師になると言い出したときの気持ち。
②親の立場から子どもが入院をして、死ぬかもしれないという状況におかれたときの気持ち。

この質問に対して両親はこう答えてくれました。

父

①　将来的な目標もできて大学に合格したときは、すごくうれしく思いました。

しかし、視力に障害がなければ大阪からかなり離れた茨城県へ行かずに、同級生と同じように関西での進学や就職の選択もできたのに、と心のどこかでは思っていました。

今でも時々、入学式のあと考柄を一人つくばに残して、お母さんと二人、大阪へ戻ったときの寂しさを思い出します。

②　病気になった時から、できることなら障害も病気も全部変わってあげたい。今でもそう思います。ただそれだけでした。

母

①　大学の存在は調べて知っていた。

ただ考柄が鍼灸に興味がないと思っていたので黙っていた。

担任の先生にこの大学を進められたとき、心の中で「よっしゃ」って思いました。

考柄は今まで、普通の学校で、普通の生活をしてきた。それはすごい苦労やったけど、だからこそ、これから先、大人になって社会に出てもやっていけると思っている。

でも、弱視のみんなが考柄と同じではない。（特別養護学校に通わなかったから）ハンディがある人たちとの関わりがなかった分、大学で関わりをもって、そこでしか見えないものがあると思っていたから、自分じゃないほかの人たちの思いや苦労を見て欲しかった。

今やからできると思った、今しかないと思った。必ずまた一回り大きくなれるはず。それはそのなかに飛び込まないと分からない。だからつくばに行くことは大賛成だったし、寂しくはなかった。

② 小さいときから入院、手術してきたけど、あのときは一番つらかった。

正直、何回も「もう最後かも」って思ったたし、明日のこと考えたら泣いてしまった。

でも、考柄の顔を見るとな、弱気になってる自分を考柄が励ましてくれて、力くれるんよ。諦めたらあかん。諦めたらそこで終わるって。一番しんどいのは、考柄やのに。

今日一日できることをしよう。明日は、どうなってるんやろ？　は考えない。笑って励ますしかできひんかったけど。結果はあとからついてくるはず、そう思ったら怖くなかったたし、どんなことでも受け止めようと思った。何でもかかってこいって本気で思えた。

この両親の気持ちを聞いて、本当に両親の温かい心に見守られながら育ち、入院生活のときも、ものすごい負担や心配をかけていたのだと思いました。

そして、両親はいつでも私の好きなように人生を歩ませてくれたし、いつも私の心の支えになってくれていることを実感したのです。
両親には本当に感謝しています。
私を生んでくれて本当にありがとう。

私は自分の体が障害をもって生まれてきたことに誇りを思っています。なぜなら弱視というハンディを背負ったおかげで、努力する大切さ、人を思いやる心、つらいことがあっても必ずそのあとに幸せなことが待っているということを学ばせてもらいました。そしてこれまで数えられないくらいの素晴らしい人たちに巡り合わせてもらいました。これからも一人の人間としていろいろなことを学んでいきたいと思います。

何度も言いますが、私の人生を考えたとき、たくさんの人の支えがあって、今、ここにこうして立っていることができます。だから、たくさんの人に支えられていることに日々感謝しながら、ラグビーで学んだ、「努力すれば夢は叶う」ということを胸に刻み、これから先も自分の夢に向かって、生きていこうと思っています。

本当に私の人生で支えになってもらい、自分の力でしっかりと前を見て歩くことや生きていくうえで人間としての大切なことを教えてくれた家族、これまで出会ってきた人たち、そしてラグビーには感謝をしております。

本当にありがとうございました。

あとがき

新評論の青柳さんからこの本のお話をいただいたときは、果たして自分に書くことができるのかという不安がありましたが、自分の人生を振り返りながらこの本を書いていくうちに、自分はいつも周りの人たちに支えられ生きてきたんだな、と感じることができたし、人に対する感謝の気持ちを忘れてはいけないと改めて思うことができました。

幼いときからのことを書いていて感じたことがあります。

それは、今まで私がいろいろな人たちから受けた恩を、今の自分は返すことができているのだろうか、努力することを忘れていないだろうかということでした。そして、以前の私に今の私は、胸を張ってこれが将来の自分だと言えるような人間になっているのだろうか、と自分自身を見直すよい機会にもなり、また一段と気持ちを引き締めることができました。

目が悪い状態でラグビーをしてきたので人に、「よくできたな、すごいな」と言われることがありますが、そういうとき、私はいつも、「すごいことなどしていません。自分はただ普通に生きてきただけです」と答えています。

この本を書いていて、人との出会いや巡り合わせというのはとても素晴らしいものだと感じました。人と巡り合うことでいろいろなことを学ぶことができるし、人間としても大きく成長できると思っています。

人は誰もが一人では絶対に生きることができません。だからこそ人とのつながりというものが大切なのだと思います。私はこれまでの人生で、多くの人の心の温かさに触れてきました。そして、周りの人に対する感謝の気持ちと受けた恩を忘れてはいけない、恩を受けた人には必ず恩返しすることが大切なのだと教えてもらいました。

最後になりますが、今まで私を支え続けてくれたみなさん、その人たちに巡り合うために私を生んでここまで育ててくれた両親とこれまで私のせいでいろいろと負担をかけてしまった弟の優作には本当に感謝しています。そしてこのような話を私にもってきてくださった新評論の青柳康司さんにも感謝しております。

これから先も私は自分の夢に向かって一歩ずつ歩んでいきます。

みなさん、本当にありがとうございました。

二〇一三年七月

神谷　考柄

著者紹介

神谷考柄（かみや・こうへい）

1990年、大阪府東大阪市生まれ。
４歳のときに、視神経萎縮で視力を失う。
その後、マッサージ治療によって奇跡的に左目が
視野狭窄はあるものの0.04まで回復。
1997年、東大阪市立池島小学校入学。
2003年、東大阪市立池島中学校入学。
中学へ入学してからラグビーをはじめる。
2006年、東大阪市立日新高校入学。
高校でもラグビーを続け、高校２年、高校３年と
大阪府大会ベスト４に進出する。
2009年、筑波技術大学入学。現在、在学中。

夢みるちから――仲間がいるからがんばれる

2013年９月30日　初版第１刷発行

著者　神谷考柄

発行者　武市一幸

発行所　株式会社　新評論

〒169-0051
東京都新宿区西早稲田３-16-28
http://www.shinhyoron.co.jp

電話　03(3202)7391
FAX　03(3202)5832
振替・00160-1-113487

落丁・乱丁はお取り替えします。
定価はカバーに表示してあります。

印刷　フォレスト
製本　中永製本所
装丁　山田英春

©神谷考柄　2013

Printed in Japan
ISBN978-4-7948-0949-0

JCOPY ＜(社)出版者著作権管理機構 委託出版物＞
本書の無断複写は著作権法上での例外を除き禁じられています。複写される場合は、そのつど事前に、(社)出版者著作権管理機構（電話 03-3513-6969、FAX 03-3513-6979、e-mail: info@jcopy.or.jp）の許諾を得てください。

好評既刊

「何もかもひっくるめて、
なかなか『よき人生』ではないかと
近ごろ思うようになりました。」

自閉症の娘・千鶴。その兄として悩む息子・正和。
子どもたちとの日々を綴ることが、母に力を与えた——
全国を感動で包んだ家族の物語。

赤﨑久美 著

ちづる

娘と私の「幸せ」な人生

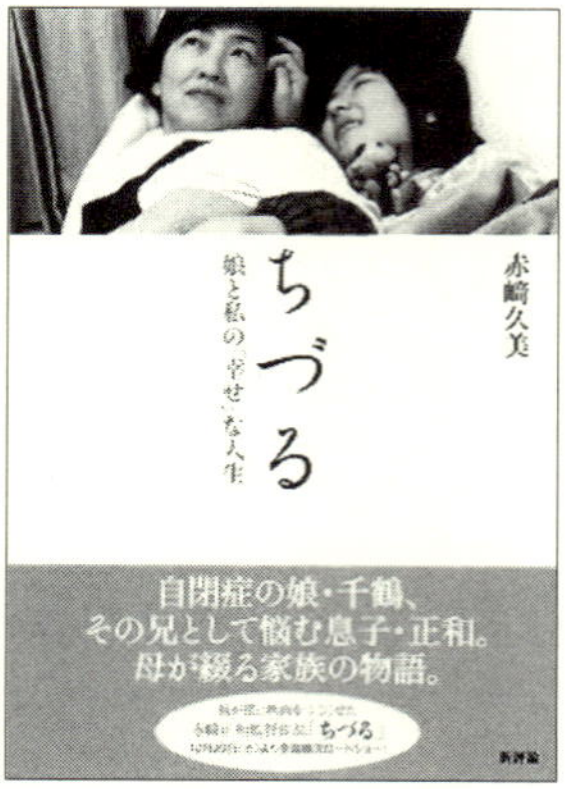

四六並製　256頁　定価1890円（消費税5%込）
ISBN978-4-7948-0883-7